译文经典

# 地下室手记

Записки из подполья

Ф. М. Достоевский

〔俄〕陀思妥耶夫斯基 著

刘晨 译

上海译文出版社

城市边缘
1982 伊利亚·格拉祖诺夫绘
И. С. Глазунов

丽莎离去
1982 伊利亚·格拉祖诺夫绘
И. С. Глазунов

思想家
1982 伊利亚·格拉祖诺夫绘
И. С. Глазунов

# "因为真相就在这里"
## ——《地下室手记》导读

中篇小说《地下室手记》是俄罗斯作家费奥多尔·陀思妥耶夫斯基的一部重要代表作，但也常被认为是他最晦涩难懂的作品。小说的构思可能始于1860年前后，正是陀思妥耶夫斯基从苦役和流放地归来，重建文学声誉的时期。起初他想写一部"大型长篇小说《忏悔录》"，但在1864年创作小说期间，对其体裁的界定已变为"中篇小说"，且小说的标题也成了现在的样子。

和陀氏的许多后期作品一样，《地下室手记》也反映了他作为期刊连载文学作家的创作特色。小说第一部于1864年年初在他和哥哥米哈伊尔合办的《时世》(Эпоха)杂志上刊出，但第二部直到当年6月才发表。在这段时期的书信中，可以看出陀思妥耶夫斯基深受自己写作时近乎招牌式的拖稿——这次是因为妻子去世和不自信——所困扰："我不向你隐瞒，我的写作情况不妙。突然间我不喜欢这个中篇小说了，而且我自己也写糟了。""我永远也不会原谅自己未能及早完成作品。整个中篇小说糟透了，但就连这个我也没有来得及写完，这就是说：我已经文思枯竭。写出来的也不是我想写的东西。"即使第一部刊出后，他仍不确定小说该写成什么样子。甚至在4月写给哥哥的信中，他仍确信小说将分为三章，"第二章目前还杂乱无章，第三章尚未开始写"。

一

《地下室手记》探讨的问题承接陀氏未来创作巅峰期"五大书"[①]的艺术与思想世界，但在更大程度上与其60年代早期的其他著作——《死屋手记》《冬天记的夏天印象》，以及在《时代》（*Время*）《时世》杂志上的大量论战文章——构成一个有机整体。事实上，《地下室手记》本身也是一部有着强烈论战色彩的小说。

1860年代的俄国，沙皇亚历山大二世推行自由化改革，放松言论管制，俄罗斯社会从死气沉沉的尼古拉一世时代苏醒，各路思想脉络的知识分子纷纷办报办刊，阐述自己的理念，并彼此之间展开论战。陀思妥耶夫斯基在1840年代曾是空想社会主义等激进左翼思想的拥趸，并因此遭抓捕、被判死刑，后改为苦役和流放。然而回归彼得堡后，陀氏的观念开始逐渐右转。在1860年代初，他是温和保守派"土壤

---

① 即《罪与罚》《白痴》《鬼》《少年》《卡拉马佐夫兄弟》。

派"①的代表人物，在与哥哥共同创办的杂志上与各路左翼知识分子展开论战。虽然有时批评的矛头也会指向更为保守的传统斯拉夫派②，但激进左翼仍是陀氏最主要的论敌。

在1860年代，俄罗斯的激进左翼思想也发生了剧烈的变化。如果说1840年代占主导地位的是带有浪漫主义色彩、以某种改良基督教世界观为基础的空想社会主义，那么到了1860年代，占主导地位的已是实证主义、功利主义、"理性利己主义"、科学决定论、无神论，而批评家尼古拉·车尔尼雪夫斯基则将这些彼此并不兼容的理论缝合进自己的体系，并成为"六十年代人"③的旗手人物。如果说在40年代，仍是激进团体一员的陀思妥耶夫斯基就已对空想社会主义的诸多原则产生怀疑，那么到了60年代，这些最新"时髦理论"之于陀思妥耶夫斯基已到了格格不入的地步。1863年，身处囹圄之中的车尔尼雪夫斯基奇迹般地合法出版了自己最有影响力的著作——长篇小说《怎么办？》。这本书用笨拙的文学形式将车氏最重要的思想观念包裹起来，影响了一代又一代俄罗斯激进派青年。而站在"土壤派"立场上的陀思妥耶夫斯基则一眼看出了这本书危险的"反作用力"，在自己60年代的著作，尤其是《地下室手记》中，对《怎么办？》发起了猛烈的攻势。

---

① 又译作"根基派""乡土派"等。
② "土壤派"有时也会被称为"新斯拉夫派"。
③ 在陀思妥耶夫斯基等保守派政论家的话语体系中逐渐被用"虚无主义者"指代。

## 二

《地下室手记》的第一部《地下室》是主人公"地下室人"的独白。这些自白一开始就以其自相矛盾的逻辑和任性乖张而又无所顾忌的放肆态度让读者困惑——地下室人明知自己有病,也了解医学的益处,却就是不愿就医①;他本质上是一个心善的人,平时却待人粗鲁,并以此为乐;每当他想起浪漫主义所追求的以"美好与崇高"为代表的价值,他就情不自禁去干种种不体面勾当,然后陷入自我羞辱的折磨,却又在其中寻找到愉悦。

渐渐地,我们得知,他的这些乖张举动都是"愤恨"使然——愤恨源自无奈。虚无主义者用科学和自然法则,也就是"二二得四",解释包括人类心理、道德伦理、社会生活在内的一切现象,最终导致了一种可悲的决定论,它从根本上否认了人类的自由意志,因而也就取消了人一切行为的意义,以及人在做决定时所需肩负的道德责任。这种决定论就仿佛一堵横亘在人类面前的石墙。当头脑简单的"天真汉和大忙人"(车尔尼雪夫斯基的追随者)选择在石墙前服输,像地下室人这样有着"强烈意识"的人,虽然在理智上不能不承认"石墙"的客观存在,但内心潜藏的良知和尊严让他

---

① 在1860年代的政论和文学(如《怎么办?》、屠格涅夫的《父与子》)语境中,医学和生理学与决定论思潮密切相关,而医学院也是虚无主义者的重要活动中心。

们拒绝屈服,因而选择用任性乖张和"愤恨"来反抗,尽管明知反抗的结局是徒劳——这就如同人在牙痛时会拼命呻吟一样。

从第一部第七章起,地下室人开始对车尔尼雪夫斯基的理论进行更为直接的反驳。首先是他的"理性利己主义"理论,用《怎么办?》中一位主人公的话说:"眼前您在干坏事,因为您的环境要求您这样,给您另一个环境,您也高兴做个无害甚至有益的人,因为,假如无利可图,您决不愿作恶,只要于您有利,随便什么您都肯做,所以,如果必要,您也能从事正当高尚的活动。"[1] 在地下室人看来,首先,这种理论用利益和庸俗算计来解释人的一切行为动机,不仅把人变成了毫无自主意识的琴键、音栓,也把人类生活变成了被日历和对数表框死的数理逻辑公式;其次,这种理论对人性和历史的理解甚为肤浅、天真——人类历史的进程并没有如他们设想的那样,因文明的发展而变得更为理性,血腥和卑鄙依旧是它的关键词;事实上,地下室人断定,一旦生活在虚无主义者设想的一切都由"二二得四"严格规定的乌托邦世界中,那么人将会失去生活的意义,变得空虚和无聊——而在陀思妥耶夫斯基的艺术世界中,这往往是某种极致邪念与恶行的缘由[2]。

---

[1] 车尔尼雪夫斯基,《怎么办?》,蒋路译,北京:人民文学出版社,1990,172页。
[2] 如《罪与罚》中的斯维德里盖洛夫、《鬼》中的斯塔夫罗金。

地下室人用"水晶宫"指代其论敌对未来理想乌托邦的想象。这一象征不仅有具体的现实原型（参见《冬天记的夏天印象》中陀思妥耶夫斯基亲眼看见的伦敦水晶宫），更让人联想起《怎么办?》中维拉·帕甫洛夫娜的第四个梦里由"铸铁和玻璃"制成的公社宫殿[①]。早于一切反乌托邦文学的创作者，地下室人已准确地预感到，在这样的水晶宫里，怀疑和否定是不被容忍和允许的[②]——而怀疑和允许是痛苦的先决条件，痛苦则"是意识唯一的原因"。

然而，就和前六章一样，地下室人能想出的对水晶宫的反抗方式仍是自我肯定和任性乖张——"欲望"（хотенье）俄语原文中这个口语词有更强的主观色彩，颇有些"想一出是一出"的意味。当时，生理学家伊万·谢切诺夫曾撰文论证所谓人的自由意志无非是一系列大脑反射的结果。在文章中，他就不屑地用这个词来形容自由意志。陀氏在1863年读到了这篇文章，并在笔记本上记录了自己的负面观感。因此，使用这个词可能也是在影射谢切诺夫的理论。或者用小说里更具象的话说，就是朝水晶宫"吐舌头"。当然，和许多阐释者所误读的不同，地下室人并非渴望混沌的反理性主义者，他完全不反对"水晶宫"背后所折射出的人类对"美满、富足、自由、安宁"的渴望，他反对的是将生活完全构

---

[①] 车尔尼雪夫斯基，《怎么办?》，蒋路译，北京：人民文学出版社，1990，427页。
[②] 无独有偶，反乌托邦文学经典、扎米亚京的《我们》(1920)的故事也被设定在了一个颇似水晶宫的玻璃建筑中。

建于理性基础之上，以及为了追求这些利益而放弃人的人格自由。用他自己的话说，这些现实利益无非只是可供躲雨的"鸡窝"，鸡窝固然有万般好处，但如果非要把它当作"水晶宫"般的最高理想来憧憬，那么人类最终得到的只会是一座"蚁穴"、沦为蝼蚁。

到了第一部的最后两章，地下室人自己也意识到，诉诸任性乖张和非理性反抗（也就是"地下室"）并非长久之计，他仍渴望某些更高的价值。然而，恰恰是第十章的关键内容遭到了审查删改。陀氏在写给哥哥的信中愤怒地表示："书报检查官们都是一些蠢猪，在有些地方我嘲弄一切并且间或装模作样地在那里渎神，这些地方倒都被他们放过去了，而我从这一切出发提出必须有信仰和基督的地方他们却都加以禁止。他们，这些书报检查官们，都怎么啦，是在密谋反对政府吗？"虽然小说手稿已不存，但根据这里的提示，以及当时陀氏的其他政论文章，研究者们都推断，地下室人在这一章中提出的"一种别的思想""更好的东西"正是对基督教救赎的渴望，只有它才能帮助人们真正挣脱决定论的锁链。然而正如第二部的情节所表明的那样，这种理想对于深陷利己主义和虚荣情绪、脱离"土壤"的地下室人而言，只是可望而不可即。

第一部的语言风格充满张力，且情节发展完全由思想观念造成的心理波澜来推动，这将会是未来陀氏巅峰期创作的标志手法。同样,他未来最惯用的"从内部消灭对手"[1] 和逆向反讽的论战手法也是在地下室人的独白和随后的人生悲剧中首次得到呈现——让笔下人物从论敌的立场出发,将其观点推到逻辑上的极致,从而展现其毁灭性结果,这样一来,人物越是面目可憎就越说明论敌理论的错误。

尽管第一部看似是地下室人全然的独白——一种最不像陀思妥耶夫斯基风格的写作,但实则恰恰能体现他的"对话风格"。地下室人自称完全为自己写作,不需要任何读者,可与此同时,他的每一句话都是在和一个想象中的论敌进行充满激情的辩论:鄙视、嘲讽、斥责,但也可以讨好、辩白、说服,巴赫金因此将《地下室手记》的语言称为"留有后路的话语"[2]。

三

如果说《地下室手记》第一部是围绕哲学与思想,以一种充满激情的悲剧语言进行的独白式抽象辩论,第二部《湿雪的缘故》则"降格"到了地下室人对自己几桩耻辱人生轶事的具体讲述,而语言往往也更为滑稽、漫画式。两部之间的反差如此明显,以至于一些阐释者甚至错误地将它们拆成

---

[1] Скафтымов А. «Записки из подполья» среди публицистики Достоевского//Скафтымов А. Нравственные искания русских писателей. М., 1972. С.96.
[2] 《巴赫金全集,第5卷》,第2版,白春仁、顾亚铃译,石家庄:河北教育出版社,2009,307—312页。

两部独立的作品。但它们之间显然有着更为有机的联系，尤其到第二部结尾，这种联系变得更为明显。用陀氏自己在给哥哥的信里的话说："你明白什么叫做音乐中的过门吗？这里的情况也完全是这样。在第一章中看起来是闲扯，但是突然在后两章［原文如此］中这闲扯却出人意料地发生悲剧性的急转直下。"

按照地下室人的说法，我们可以推算出《地下室手记》第二部的故事发生于十六年前的1848年，欧洲的革命之年，也是陀氏本人积极参与激进小组的年代。统摄那个年代俄国文坛的是法国社会浪漫主义文学、果戈理的小说，以及受其直接影响的"自然派"散文（陀氏本人亦曾为该流派代表人物）。在第二部的文本中，对大量40年代文学典故的影射、引用乃至歪用[1]都意欲将读者重新拉回那个年代的文化氛围。

《湿雪的缘故》讲述的是主人公渴望走出地下室，获得外界的认可和尊重，重新建立人与人的连接，寻求友谊与爱。然而，这一切尝试都以惨烈的失败告终，只招来了他人的厌恶和敌意，或是给人带来更深的痛苦。在每一个关键时刻，他依旧选择诉诸"地下室"，也就是任性乖张的非理性

---

[1] 例如"湿雪"是自然派散文中彼得堡的重要特征；地下室人升级大衣领子的片段显然在影射果戈理的《外套》；决斗是浪漫主义文学中的陈词滥调；当然，还有同样已沦为俗套的"才子挽救失足女"故事，以及被戏谑性引用的涅克拉索夫关于这一题材的诗作。

反抗。"地下室"在上一部确实助他抵御了理性主义决定论的侵蚀,但在《湿雪的缘故》中,却只给他带来同时兼具高傲和屈辱的虚荣心,并让他深陷于一个不可逆的灾难进程之中。

在陀思妥耶夫斯基看来,《湿雪的缘故》中地下室人身上的这种品质,来自1840年代俄罗斯的整个文化氛围——耽于幻想、多愁善感的社会浪漫主义时代精神在知识阶层中培养了一种强烈的虚荣心和优越感。书本中的欧洲知识与思想为他们灌输了博爱精神,但他们却只爱抽象的人类,无法把这种抽象的爱转化为对具体的人的实际行动和道德责任。

而丽莎则是地下室人的对立面,她虽然基本没有受过教育,又失足成为性工作者,却是陀氏心目中真正基督教博爱精神的化身——类似丽莎这样能用朴素人性和对他人苦难之同情来感化众生的温顺女性形象,将在作家未来的长篇小说中不断复现。然而主人公身上根深蒂固的"地下室"却让他排斥这种感化,最终选择用仇恨来报答丽莎的爱。

第二部《湿雪的缘故》用地下室人的个人悲剧回答了第一部《地下室》遗留的问题:为什么他的非理性反抗并不能解决问题。第二部的结尾本应与第一部遭审查删改前的论述形成呼应:地下室人重新回到十六年后,并对自己和以自己为代表的俄罗斯欧化知识分子进行了冷峻、深刻的反省与剖析。其核心论点是"地下室"与"活的生活"之间的对立,而这也构成了1860年代陀思妥耶夫斯基"土壤派"政论的核心思想——彼得大帝改革以来，接受欧式教育的俄罗斯知识阶层脱离了自己的"土壤"与人民，导致了宗教和道德上的虚无主义，他们成了书本教条和"抽象"文明的奴隶，不再是"有真正的、自己的血肉的人"，而是沦为"死胎"和"不曾有过的普世人"。而与其相对立的，则是像丽莎这样的普通俄罗斯人民所过的植根于民族传统与正教信仰之"土壤"的"活的生活"。

## 四

除了将第一、二部割裂成两部独立的作品对待外，对《地下室手记》的另一种常见误读就是将地下室人与作者本人划上等号，不加辨析地将地下室人的话当作陀氏本人的观点加以引用。但正如我们之前所分析的那样，作家用整个第二部来揭示地下室人的理论何以注定破产。如果要说两者有什么相似的话，那么就如第一部开篇作家本人的注释所说，地下室人"必然存在于我们的社会中"，是"不远的时代中的典型人物"，以及"至今仍活在世界上的这一代人的代表"，在这一意义上，地下室人应被视为俄罗斯欧化知识分子的一幅集合性画像——而陀氏（尤其当作家在60年代回顾青年时代的自己）自然也曾是其中的一员。斯卡夫蒂莫夫和别尔嘉耶夫的两段话最清楚地为我们界定了作品主人公与作者的关系：

地下室人不仅是揭露者，也是被揭露者。[……]当他还在揭示对个体独立性的需求何以不可动摇，还在捍卫意志自决的彻底自由，作者和地下室人就在一致行动，这时他们是盟友。[……]但他［作者］发现并指出，这种［个人自我意识］力量恰当和最高的表现形式并不在于地下室人的立场，不在于利己主义的苛刻要求，不在于对世界和人的毁灭性拒绝，而恰恰在于对立的极点：在于爱和自我献身的欢愉。①

地下室人在其辩证法中所否定的，陀思妥耶夫斯基本人在自己的正面世界观中也加以否定。他彻底否定人类社会的理性化，彻底否定任何把安宁、理智、幸福置于自由之上的企图，否定未来的水晶宫，否定未来建立在泯灭人之人格基础上的和谐。但他带领人继续走任性和反抗之路，为的是揭示：在任性中自由会被消灭，在反抗中人会被否定。[……]地下室人的观念的辩证法只是陀思妥耶夫斯基本人观念辩证法的开端；它在这里开始，而非结束。其积极的结束呈现在《卡拉马佐夫兄弟》之中。②

---

① *Скафтымов А.* «Записки из подполья» среди публицистики Достоевского. С. 90—91.
② 别尔嘉耶夫，《陀思妥耶夫斯基的世界观》，耿海英译，桂林：广西师范大学出版社，2020，52—53页；译文有所改动。

## 五

由于刊登小说的《时世》杂志很快破产停办,再加上小说本身的晦涩,《地下室手记》发表后几乎没有引起任何反响。只有向来被陀氏奉为知音的诗人、批评家阿波隆·格里戈里耶夫曾夸赞说:"你就写这类东西。"

19、20世纪之交,尼采哲学在俄罗斯成为显学,也带动了俄罗斯知识阶层重新发现《地下室手记》。虽然不同的思想者和研究者就两人思想的关系有完全不同的看法。有人认为他们是同路人,如高尔基断言:"对我来说,整个弗·尼采全都在《地下室手记》里。在这本书中——人们依旧无法读懂它——向全欧洲给出了一个虚无主义和无政府主义的理由。"[1] 也有人认为他们的思想南辕北辙,比如,米哈伊洛夫斯基曾论述说:"这两个如此不同的人有某些共同之处,至少同一些问题都抱持极端的、特殊的兴趣。尼采打正号的地方,陀思妥耶夫斯基在大多数情况下会打负号,反之亦然,但两人都知道这些正号和负号,都对它们怀有最高程度的兴趣,都认为这里涉及的是人类知性所能想象的最重要的问题。"[2]

有趣的是,尼采本人也在1887年读到了《地下室手

---

[1] Из архивов А. М. Горького//Русская литература. 1968. No2. С. 21.
[2] *Михайловский М. К.* Еще о Ф. Ницше//Синеокая Ю. В.(ред.)Ницше: pro et contra. Антология. СПб., 2001. С. 137.

记》，并在给好友弗朗茨·奥韦尔贝克的信中兴奋地讲述了自己的读后感："几周前，我还对陀思妥耶夫斯基一无所知，甚至连他的名字都没听说过，因为我是个不学无术的人，也不看报纸！我在书店偶然看到了最近才被译成法语的陀思妥耶夫斯基的 *L'esprit souterrian* 一书① […]。亲缘本能（还能怎么称呼它呢？）立即在我心中萌发，我的喜悦非同寻常 […]。[《地下室手记》] 是心理学的典范，是对'认识你自己'的自嘲。"

到 20 世纪中叶，随着存在主义哲学的兴起，《地下室手记》逐渐获得了世界文学经典的地位，甚至被誉为"历来所写过的最好的存在主义序曲"②。20 世纪的各种新兴文化流派都会拿地下室人来"六经注我"。尽管在"作者已死"的年代，各种误读本身也是一种解读，但我们还是不妨看一下，作家自己如何在小说发表十年后，在其《少年》前言的草稿中重新审视自己的这部小说：

> 地下室和《地下室手记》。我很自豪，是我第一个展现了**俄罗斯多数**中的一个真实的人，第一个揭露了他丑陋和悲剧的一面……只有我一个人展现了地下室的悲

---

① 意为"地下之灵"。这个古怪的法译本将《地下室手记》与陀氏的早期短篇小说《女房东》杂糅在了一起。
② 考夫曼编，《存在主义：从陀斯妥耶夫斯基到沙特》，陈鼓应译，北京：商务印书馆，1984，4 页。

剧元素，包括苦难、自我惩罚、对最善者的意识，以及实现它的不可能，还有最重要的是，这些不幸者的坚定信念：所有人都如此，所以也不值得改过！［……］

地下室，地下室，**地下室诗人**——小品文作者们不断重复这些，把它当作羞辱我的东西。一群傻瓜。这是我的荣光，因为真相就在这里。①

糜绪洋

---

① Достоевский Ф. М. Полное собрание сочинений в 30 томах. Т. 16. Л., 1976. С. 329—330.

## 参考文献与延伸阅读

《费·陀思妥耶夫斯基全集》，第5、6、17、18、21卷，石家庄，2010；

弗兰克，《陀思妥耶夫斯基：自由的苏醒，1860—1865》，戴大洪译，桂林，2019；

弗兰克，《陀思妥耶夫斯基讲稿》，糜绪洋译，桂林，2023；

Jackson R. L., *The Art of Dostoevsky. Deliriums and Nocturnes*. Princeton, 1981.

*Вдовин А*. Федор Достоевский. Записки из подполья. [URL: https://polka.academy/articles/535]

*Достоевский Ф. М.* Полное собрание сочинений и писем в 35 томах. 2-е изд. Т. 5. СПб., 2016.

*Мочульский К*. Достоевский: Жизнь и творчество. Париж, 1947.

第一部

地下室①

---

① 这份笔记的作者和"笔记"本身自然都是虚构的。然而考虑到那些影响我们社会形成的各种情况,这些虚构的人物,比如这本笔记的作者,不仅仅可能存在,甚至应该说必然存在于我们的社会中。我希望将这个普通人更清晰地展现在公众面前,他是距我们不远的时代中的典型人物。他是至今仍活在世界上的这一代人的代表。在这个名为《地下室》的章节里,这个人物以自己的视角将自己介绍给读者,以此来弄清楚一些原因,正是这些原因使他出现、也必然出现在我们周围。在随后的章节里面,才是这位仁兄真正的"笔记",里面讲述了他生活中的一些事迹。——费奥多尔·陀思妥耶夫斯基

# 第一章

　　我是个病人……我是个恶毒的人。我这个人一无是处。我觉得我的肝在痛。不过，我对我的疾病一无所知，甚至我连我到底是哪里在痛也不敢确定。尽管我尊重医学，也尊敬医生，但是我不打算治病，也从来没治过病。我是个极度迷信的人，饶是如此，我依然尊重医学。（我受过良好的教育，本不该迷信的，但是我就是个迷信的人。）不，我是因为愤恨才不去治病。对此，您大概无法理解。但是我有我的看法。当然，我没法和您解释，在这种情况下，我的这种愤恨伤害了谁；我非常清楚，我不去医生那里看病，这无论如何都"恶心"不到他们；我非常清楚，不去看病只会损害我自己的健康，除此之外与任何人都无关。但是不管怎样，我完全是出于愤恨，才不去看病。肝脏痛了，那就让它痛得更厉害好了！

　　我已经这样活了很久——得有二十年了。现在我四十岁。以前我还担任职务，现在已经退职了。我是个恶毒的小官儿。我为人粗鲁,并以此为乐。虽然我没收过贿赂,但是我觉得其实我本应该收下,以此作为对自己的犒劳。(这是句糟糕的玩笑,但是我决定不把这句删掉。我写了这句话,当时觉得会引起尖锐的讽刺效果;而现在,我自己看完这句话,只看到我想无耻地故作姿态——我故意不删去!)当有人往我所坐的办公桌走过来的时候,通常他们都是来开证明的——我总是咬牙切齿地招呼他们,而且当我成功地让某人感到很不痛快的时候,我会感觉这是一种其乐无穷的享受。我几乎总是能让人不痛快。这些人中大部分都唯唯诺诺的:显而易见——他们有求于人呀。但是在那些自命不凡的人中,有一个军官最让我无法忍受。他无论如何不肯对我低头服软,还可恶地把马刀搞得叮当响。我和他之间因这把马刀而起的争斗持续了一年半。我最终还是让他服软了,他不再把马刀弄得叮当响了。不过这事已经是我年轻时候的事儿了。那么各位先生,你们知道最让我愤恨的一点是什么?这一点完全是个笑话,说起来窝囊至极,我最愤恨的就是:我一刻不停地,甚至在最恼羞成怒的时候,我心里都羞愧地意识到,我不仅仅不是个恶毒的人,甚至连个看起来恶狠狠的人都算不上,我只会无所事事地吓麻雀,并以此自娱自乐。当我唾沫横飞的时候,要是你们给我拿个娃娃过来,或者倒上一杯加了茶糖的茶,我啊,大概也就消停了。甚至在心里默默感动,为了你们的善意而对自己恨得咬牙切齿,由于羞愧而成宿睡不着觉。我就是这副脾气。

刚才我还自欺欺人，说我是个恶毒的人。这是我出于愤恨而撒谎。我不过是找点乐子，不论是对那些来开证明的人，还是对那个军官，事实上，我无论如何也成不了恶毒的人。我在心里一刻不停地意识到，在我身上有许多完全矛盾的因素。我能感觉到这些完全矛盾的因素在不断地涌入我的身体。我知道，它们在我体内蠢蠢欲动，并且想要从我体内挣脱出来，想显露于外，但是我不让、不让、坚决不让它们显露于外。它们使我在良心上感到羞愧，它们搞得我抽搐惊厥——我终于受够了，彻底受够了！先生们，你们已经在这样以为了吧？现在我是在你们面前忏悔，我是在请求你们的原谅……我相信你们就是这样以为的……不过请你们相信我，就算你们真是这样以为的，我也无所谓……

我不仅成不了恶毒的人，甚至也没法成为任何样的人：不管是恶毒的，还是善良的；不管是下流坯，还是诚实君子；不管是英雄好汉，还是可怜虫，我都不是。现在我蜗居在我自己的角落里，不需要用招惹别人来找乐子，聪明的人不可能真的成为什么样的人，只有傻瓜才会成为某种人。没错，十九世纪的聪明人应当，而且在道德上也有义务成为几乎毫无性格的造物；那些有性格的人，那些大忙人——大多是鼠目光的物种。这是我四十年的信念。我现在在四十岁，所以四十年——就是我的全部生命，这已经够老了。活着超过四十年就有点不体面了，甚至是不道德的！谁会活四十多年？——请您真诚地回答我。我来告诉您，谁会活那么久：

只有傻瓜和恶棍。我要当面对所有老人、所有可敬的老人、所有白发苍苍的老人、所有香喷喷的老人这样说！我要告诉全世界！我有权利这么做，因为我一定要活到六十岁。活到七十岁！活到八十岁！……请稍等！让我先喘口气……

大概，先生们，你们觉得我想跟您逗乐子？那就大错特错了。我完全不是这种喜欢搞笑的人，不是你们想象的那种或者可能想象得到的那种人，不过要是您觉得这些废话让您感到有趣（而我觉得您已经感到有趣了），您大概会突然问我：我到底是谁呢？——我来回答您：我是个八品文官。我过去担任职务，好能混到口饭吃（不过仅仅为了混口饭吃），去年的时候，当我的一位远亲在遗嘱上给我留下了六千卢布之后，我立刻就辞了职，蜗居进了我的角落里。我过去也在这里住过，不过现在我在这个角落里长久地住下了。我的房子差极了，满是恶心的味道，位置在城市边缘。我的女用人是一个农村的老妇，上了年纪，又蠢又凶，不仅如此，她身上还总是散发着恶心的味道。有人跟我说，彼得堡的气候对我有害，还有人说，生活在彼得堡对我这点财产来说太奢侈了。这些我都知道，比那些经验丰富的、聪明的出谋划策者和摇头晃脑的人[①]更清楚。但是我留在了彼得堡，我绝不离开彼得堡！我所以不会离开……唉！是因为我离开

---

[①] 原文中的词显然是陀思妥耶夫斯基根据俗语词"点头客"（кыватель）杜撰而来，这个词指那些通过点头给某人使眼色或者打暗号的人。（参见 В. И. 达利编《俄语详解词典》）——俄文版编者注（后文若无特别说明，即为译者注释）

也好，不离开也好——全都无所谓。

总之：一个正派的人最喜欢聊什么呢？

回答：聊自己。

那么我就来说说我自己吧。

## 第二章

　　各位先生，不管你们想听还是不想听，我现在都想要跟你们说说，我为什么连可怜虫都当不了。我得郑重地告诉各位，我曾不止一次想成为一个可怜虫。但是，我甚至连这也做不到。各位先生，我发誓，意识太多是一种病，一种非常有害的病。对人的日常生活来说，普通的人意识就完全足够了，也就是说，和那些我们这个不幸的十九世纪的，尤其是不幸地生活在彼得堡这座地球上最抽象的、最蓄谋已久的城市（城市也常常分为蓄谋已久和不蓄谋已久）里的上等人比起来，普通人只需要上等人的一半、四分之一，甚至更少的意识也就足够了。比如，那些所谓的天真汉和大忙人赖以为生的意识，对普通人来说就完全足够了。我敢打赌说，你们觉得我这么写是出于傲慢，为了讽刺打击这些大忙人，是在像我上面提到的那位军官那样用马刀搞一些烦人的动静出来。但是，先生们，谁会因为自己的病而洋洋得意，还以此自傲呢？

言归正传，我到底怎么了？生病也好，自傲也好，这是人人都免不了的，而我，这么说吧，我比所有人都严重。我不打算和你们争论，我用来反驳的论据可谓荒谬。但是无论如何，我都坚信，不只是太多的意识，甚至是任何意识都是病。我对此坚信不疑。这一点我们稍后再说。你们问我：为什么总发生这样的事，好像故意似的，正是在，是的，正是在我本可以领悟我们常说的"所有美好与崇高"[①]的全部奥秘的时候，偏巧这时我没去领悟，而是去做那些丑事，那些……好吧，总而言之，就是那些人人都会做的事，可是轮到我不得不做这些事了，简直像故意似的，偏偏是我清楚地意识到这些事完全不应该做的时候。我越是理解善、理解所有这些"美好与崇高"的东西，我就越深地陷入我的泥沼之中，也越有可能被这泥沼完全淹没。而最重要的特点在于，这一切发生在我身上似乎不是偶然的，而是本该如此。就好像这样对我来说才是的正常状态，而绝不是生病，也绝不是中邪，于是到了最后，我连抵抗中邪的意愿都消耗殆尽了。结果就是，我几乎相信（很有可能实际上我已经相信了）这可能就是我的正常状态。要是从头开始、从最开始算起，我在这场斗争中受了多少折磨啊！我不相信还有别人身上也会

---

[①] "美好与崇高"——出自18世纪的美学论著（如伯克的《关于我们崇高与美观念之根源的哲学讨论》、康德的《论优美感和崇高感》《判断力批判》）中的"美好与崇高"概念。在19世纪40到60年代俄罗斯批评界重新评价了美学中的"纯"艺术之后，这个概念开始具有讽刺意味。——俄文版编者注

发生这样的事，因此我将其当做秘密埋藏在心底。我曾感到羞愧（甚至现在可能也还觉得羞愧），我常常到了这样的地步：通常是在某个可恶至极的、彼得堡的夜里，我回到了自己的角落，并强烈地意识到今天又干了下流的勾当，还是那种无论如何也无法弥补的下流勾当，这时我往往就会感受某种隐秘的、不正常的、下流的小得意，为此又背地里偷偷地啃咬，用牙齿啃咬自己，反复责骂、羞辱自己，直到痛苦终于变成了某种可耻的、该死的甜蜜，最终——变成了显而易见的、正儿八经的愉悦。是的，成了愉悦、成了愉悦！我对此坚信不疑。因此我才说：我想知道还有别的人身上也有这种愉悦吗？我要给你们解释一下：这愉悦正是来自对自己所受屈辱的太过鲜明的意识，因此自己已经感觉到走入了绝境；因此尽管很厌恶这样，可也别无他法；因此已经毫无出路，因为早已成不了另一种人了；因此即使身上还有时间和信念来变成另一个人，大概自己也不想去改变了，而是情愿什么也不做，因为真的去改变了，实际上，最后大概也只能变成什么都不是。最后，也是重中之重，这一切的出现都符合被强化的意识的正常且基本的规律，也符合由这些规律直接导致的习惯，因此不仅你不会改头换面，而且对此你简直毫无办法。这就导致，比如说，由于这种被强化的意识：没错，一个下三滥，假如他自己已经感觉到自己确确实实是个下三滥，对下三滥而言这却成了一种慰藉。不过，够了……唉，一派胡言，这解释了什么？什么东西又能来解释这种愉悦呢？但是我自己明白！我绝不善罢甘休！我就是为此才拿起笔来……

比如，我极度自爱。我像驼子或者侏儒一样多疑且易怒，但是，实际上，我却经常有这样的光景，我被抽了耳光，而我，大概还要为此高兴。我很严肃地跟您讲：大概，我能找到某种愉悦，而且这种愉悦，大概是一种绝望的愉悦，但是在绝望中经常会有最强烈的愉悦，尤其是当你已经非常清楚地意识到自己走投无路之时。而这时再来一记耳光——是的，这时简直就是戳到了一种意识，意识到别人已经把你榨成了某种油膏。最重要的是，不管我怎么给自己找借口，最后的结果总是如此，我总是在所有方面都成了罪魁祸首，而且让我尤其委屈的是，这是一种无罪之罪，或者，这么说吧，我的罪是根据自然规律被赋予的。我有罪首先是因为我比我周围的人都聪明。（我总是觉得我比我周围的人都聪明，难以置信吧，我时不时还会因此而感到不好意思。起码来说，我一辈子都无法直视人们的眼睛，而总是看向别处。）我有罪最后还因为，假使我身上有宽宏大量这种品质，那么对我来说我的宽宏大量徒劳无益，这种意识则比一切都更让我备受折磨。我这高风亮节实在是毫无用处：无法宽恕，欺辱我的人打我，可能是受自然规律的役使，自然规律是无法宽恕的；无法遗忘，因为就算是自然规律，总也使人感到受了屈辱。结果，即使我希望当一个完全不宽宏大量的人，而且相反，我要向欺辱我的人报复，可是我却无法为

地下室手记 | 011

任何事向任何人进行报复,因为我即使可以报复,我也无法下定决心做点什么。因为什么才无法下定决心呢?对此我要再着重讲几句。

# 第三章

在那些能够为自己报仇雪恨、能为自己挺身而出的人身上，比如说，会发生什么呢？毕竟他们被控制住了，假定是被报仇的情绪控制住了，以至于在这个时候除了这种情绪之外，他们所有的一切都不存在了。这位先生就这么直奔主题，像已经把角向下抵着的、发了疯的公牛，除非撞到墙上，否则绝不会停下来。（顺带说一句：真到了墙边的时候，这些先生，也就是这些天真汉和大忙人，就会真心实意地服输了。对他们来说，墙——不是边界，不像，比如说，不像对我们这些会思考的、但也因此一事无成的人来说的那样；也不是走回头路的借口，一般来说我们的仁兄们自己都不相信这些借口，但总是为有这些借口而感到高兴。不，他们是诚心实意地服输了。墙对他们来说，是某种能安神的、道德意义上具有许可作用的、具有终极意义的东西，甚至是某种神秘主义的东西……不过关于墙稍后再接着说。）嗯，这些天真汉，我认为他们才是真正的、正常的人，这样的人才是我们温柔的母亲——大自然亲切地把他降生到大地上之后想看到的。我极度地艳羡他们。他愚蠢,关于这一点我不跟您争论,大概正常人本来就是愚蠢的,您又怎么能知道呢?或许,这甚至是很美好的。而我更相信一种不好的,这么说吧,不好的猜想,比如说,一个正常人的对立面,也就是说,一个意识非常强的、优秀的人,当然他并非成长于大自然的怀抱,而是从试管中长大(这似乎已经是神秘主义了,先生们,但是这是我的猜想),当这个试管人有的时候向自己的对立面屈服,那么他就会用自己那强烈的意识认真地把自己看成一只老鼠,而不是看做一个人。就算这是一只具有极强意识的老鼠,但总归是老鼠,而这个人因此就……如此等等。但最重要的,他自己,自己认为自己是一只老鼠,没有任何人要他这么做,这一点是最重要的。现在我们来看看这只老鼠的行为。举例来说,假如老鼠也被欺辱了(而老鼠几乎一直被欺辱),并且也想复仇。在它身上积累的这种愤恨甚至比在一个秉持自然和真理的人[①]身上要更多。把这种愤恨报复给欺负自己的人这一可恶的、卑劣的愿望,在它心里要比在一个秉持自然和真理的人的心里撕扯得更加强烈,因为一个秉持自然和真理的人出于自己与生俱来的蠢笨,认为这种复仇无非是要讨回公道,而老鼠,由

---

[①] 原文为法语。下同。陀思妥耶夫斯基在这里引用了对卢梭个人品质的概括性描述,陀思妥耶夫斯基曾在《冬天记的夏天印象》中使用,大概是模仿海涅对于表述和卢梭的关系时所举的例子。——俄文版编者注

于自己强烈的意识，却极力否认这种公道。等到了事情的终了，到了要复仇的时候，不幸的老鼠除了用那最初的卑劣之外，又用许多问题和怀疑组成的许多卑劣包围了自己，许多无法解决的问题都被它归结到一个问题上，那就是它的周围不受控制地聚集了某种致命的流言蜚语、某种恶臭的污秽，这污秽充斥着它的怀疑和激动，还有那些大忙人喷向它的唾沫，这些大忙人庄严地站在它面前，俨然是法官、是独裁者，冲它声嘶力竭地哈哈大笑。结果，它不得不倒换着自己的爪子，并且带着装出来的、自己都不相信的轻蔑微笑，可耻地溜回自己的地缝里去了。在自己那糟糕的、臭烘烘的地下室里，我们这只受了委屈的、被人敲打和嘲笑的老鼠立刻就陷入了冰冷的、有害的，最重要的是永恒的愤恨之中。四十年接连不断地回忆着自己的屈辱，连最屈辱的细节都不放过，不仅如此，每一次回忆它还给自己添上些更屈辱的细节，用自己的想象力恶狠狠地嘲弄、刺激自己。它为自己的想象力而羞愧，不过总归是把所有的东西都记住了，并且一遍遍地回想，幻想着自己瞎编的故事，并且用这是可能发生的来当做借口，所以什么都不原谅。好吧，复仇就要开始了，但是断断续续、零零散散、偷偷摸摸、畏畏缩缩，不相信自己有权利复仇，也不相信自己能复仇成功，而且预先就知道，自己所有的复仇尝试都会让自己比那个复仇对象痛苦百倍，而这种复仇对那个复仇对象来说，连挠痒痒都算不上。即使到了弥留之际，依然会再次记起这一切，甚至变本加厉……但正是在这种冰冷的、恶心的半绝望半希望里；在因痛苦而有意识地将自己活活埋葬于地下室四十年的行为里；在这坚定地杜撰出的又多多少少引人怀疑的、毫无出路的境地里；在刻在骨子里的却未能实现的愿望的毒药里；在这刚刚下了永世不变的决定却在下一分钟又幡然后悔的犹豫不决的狂热病里——蕴含着我之前说过的那种奇怪的愉悦的精华。这种愉悦极为敏感，甚至不受意识的控制，头脑简单的人，甚至是神经坚强的人都对这愉悦毫无了解。"大概，他们不理解，"您偷笑着补充道，"是因为还没被打过耳光。"您这么说就是在礼貌地暗示我，我这一生或许也挨过耳光，所以我才讲得像个行家一样。我猜您一定是这么想的。省省吧，先生们，我并没挨过耳光，随你们想好了，我不在乎。我或许还有点遗憾这辈子没怎么打过别人耳光。不过到此为止，对于这个你们极为感兴趣的题目，我一个字也不再讲了。

我要继续讲那些神经坚强，但是无法理解那种极其敏感的愉悦的人们。例如，这些先生们在一些意外情况下，尽管他们像公牛一样放开喉咙怒吼，而且大概这样还能给他们带来极大的荣誉感，但是正如我之前已经说过的，他们一旦遇到不可能的情况，就立时屈服了。不可能——就是石墙吗？什么样的石墙？当然是大自然的法则、自然科学的结论、数学。如果有人向你证明，比如说，人是猴子变的[1]，那就没什么好皱眉的，该怎么接受就怎么接受好了。如果有人向你证明，事实上对你来说你身上的一丁点儿油脂要比十万个你这样的人都重要，这样一来所有被称为美德和义务的东西也就都不攻自破了，它们无非都是妄想和偏见，你也就全盘接受好了，没什么可做的，二二得四——这就是数学。请你们来试试反驳吧。

"得了吧，"你们嚷道，"二二得四：这是毋庸置疑的。大自然用不着请示您，它的法则与您无关，更不会管您喜欢还是不喜欢它的法则。无论它是什么您都必须承认，所以它的所有结论您也得接受。墙就是意味着那里有一面墙……等等，等等。"上帝啊，要是我因为某些原因不喜欢这些法则，也不喜欢二二得四，这些自然和算数的法则跟我又有什么关系？当然，如果实际上我力有不逮，我是不会用额头撞这样的墙的，但是我也不会因为在我面前有一堵墙，而我的力量不足就听之任之。

似乎，这样的石墙确实是一种慰藉，确实能让自己听进某些让人平和的话，这仅仅是因为这堵墙是二乘二等于四。唉，荒谬之至！要么把整件事搞清楚，认清这一切，这一切

---

[1] 作家对人类进化问题的兴趣开始于1864年，这与彼得堡翻译出版了达尔文进化理论方面的著作，托马斯·亨利·赫胥黎的《人类在自然界的位置》有关。不排除这种可能性：主人公的这句话是回应 B. A. 扎伊采夫的论战性文章，在这些文章中他支持卡尔·福格特关于不同人种由不同种类的猴子进化而来。——俄文版编者注

的不可能和石墙；如果您厌恶忍气吞声，那就绝不要忍受任何一种不可能或者任何一面石墙，否则通过一种最绕不过去的逻辑组合就会得到一个关于永恒的主题中最让人厌恶的结论：即便在石墙这件事上，也是你自己有罪，哪怕你显而易见是完全无罪的，因此，你沉默无力地咬牙切齿，出于惰性，生理上什么也不做了，想象着就算是想发脾气，也不知道该向谁发，发脾气的对象不存在，可能永远也找不到，想象着这不过是偷换概念，颠倒是非，招摇撞骗，想象着这不过是迷魂汤一样的东西——不知道是什么，也不知道是谁，但即便不管这些无法搞懂的事和这些偷换概念的把戏，您依然会痛，您越无知，就越痛！

## 第四章

"哈——哈——哈！于是在此之后您就在牙痛中寻找愉悦！"你们笑着吼道。

"那怎么了？在牙痛中就是有愉悦存在，"我回答道，"我的牙齿痛了一整个月了，我知道，其中有愉悦。当然了，人们不是默默地发狠，而是在呻吟，但是这些所谓呻吟不是直截了当的，而是带着阴险讽刺的呻吟，关键就在于这种阴险讽刺。在这种呻吟中，受虐的愉悦就展现出来了；要是没感受到呻吟中的愉悦——他就不会呻吟了。先生们，这有个很好的例子，我把它再拓展一下。首先，在这些呻吟中表达出来的，是你们的痛苦完全没有意义，这对我们的意识来说是具有侮辱性的；是大自然完完全全的合法性，你们对这合法性当然不屑一顾，但总是受其折磨，而大自然对此不为所动。表达出来的还有，您意识到找不到敌人，但是却意识到了疼痛存在；意识到就算有各种各样的瓦根海姆①陪着您，您还是完全被您的牙齿支配着；意识到某个人乐意，就能让您的牙齿不再痛，而他不乐意，您的牙齿就得再痛上三个月；最终还会意识到，如果您还不屈服，还要反抗，您就只能自己咬紧牙关或者使劲用拳头捶墙令手更痛来纾解牙痛，除此之外别无他法。是的，就是从这些血淋淋的屈辱中，从这些不知是谁发出的嘲讽中，最终将开始出现愉悦，甚至有时这愉悦将变为终极的快感。我请求你们，先生们，仔细听听一个有教养的十九世纪的人因为牙痛而发出的呻吟声，在生病的第二天或者第三天，这时的呻吟声已经完全不是第一天他发出的那种呻吟了，也就是说不仅仅是因为牙痛而呻吟；不是像蠢笨的农夫那样，而是像一个被进步的欧洲文明污染了的人，像一个现在常说的'脱离故土和人民根基'②的人那样呻吟。他的呻吟声变得下流、龌龊且恶毒，而且从早到晚持续不断。他自己全明白，呻吟对自己毫无益处；比谁都更加明白，这么做徒劳无益，而只是骚扰和激怒别人；他明白，那些听众，他就是在这些人面前努力表演，还有他全家人都已经带着极度的厌恶仔细听完了他的呻吟，但是他们对他没有丝毫信任，而是在自己心里盘算着：他本可以不这样的，可以就简简单单地呻吟，没有颤

---

① 这里说的是姓瓦根海姆的牙医，根据《圣彼得堡常住地址名录》，在1860年代，在彼得堡有八位牙医姓瓦根海姆，他们诊所的招牌遍布整个城市。——俄文版编者注
② 单引号中的内容是《时代》和《时世》两本杂志中的典型表述。例如，参见：《时代》杂志1861年、1862年、1863年的出版声明，或陀思妥耶夫斯基的文章《关于新的文学组织和新的理论》(1863)。——俄文版编者注

音也不做作,而他呢,纯粹是带着阴险和愤恨在耍赖。也就是在这样的意识和耻辱中,包含着某些快感。'听我说,我烦到你们了,让你们揪心,让全家人无法睡觉。那就别睡了吧,你们来感受一下这种每时每刻的牙痛吧。对你们来说我不再是那个我曾经想要扮演的英雄了,现在我不过是个烦人精、是个混蛋①。那就这样吧!我很高兴你们终于认清我了。你们因为我恶心的呻吟而不舒服了吧?那就不舒服吧;我还要做出更恶心的腔调让你们不舒服……'还不明白吗,先生们?不,显而易见,你们要想理解这种快感的奥妙之处,还需要长久地成长和深思熟虑!你们在发笑?太好了。我的笑话,先生们,当然是怪腔怪调、磕磕绊绊、前后矛盾,并带着自我怀疑。不过这毕竟是因为我自己也不尊重自己。难道,有意识的人也能尊重自己吗?"

---

① 原文为法语的俄语拼音。——俄文版编者注

## 第五章

那么难道说、难道说,一个人刻意在自己的屈辱感中寻找愉悦,这个人还能尊重自己吗?我可不是出于某种谄媚的忏悔才像现在这么说的。况且我现在总归不能说这样的话:"原谅我吧,神父,今后我不会再这样了。"——不是因为我没有能力这么说,正相反,或许正是因为我以前太会这么说了,到底有多会说呢?就好像故意把自己搞进这种情绪里,而通常在这时我其实一丁点儿过错都没有。这已经比任何事都下作了。就这样,我又一次内心大受触动、后悔不已、眼泪直流,最后自己鼓励自己,更有甚者,我这一切完全不是装的。好像心灵多少被玷污了……这样就连自然法则都怪不着了,哪怕我这辈子总是受自然法则的欺辱。这一切光是想想就已经够卑鄙了,更别说这么干的时候有多卑鄙了。然后过了也就一分钟,我就已经开始带着恨意领悟到这一切,也就是说这一切悔悟、这一切感动、这一切重新做人的誓言都是谎言,都是谎言,都是令人作呕的、假惺惺的谎言。您大概要问了，我为什么要这样作践、折磨自己呢？回答：因为已经游手好闲、无聊够了，于是就开始装腔作势。没错，就是这样。好好想想吧，先生们，这样你们就明白了，就是这么回事。自己给自己想出一些传奇经历，给自己虚构一种生活，好像这么生活过。我身上就发生了多少啊！——举例来说吧，我感觉受了委屈，但是无缘无故，是我假装的，其实我自己心里知道，没什么好委屈的，是我自找的，但是就这么搞到最后，就真的觉得自己受委屈了。一生中我总是陷入这样的把戏里面，最后连我自己也无法控制自己了。我试着逼自己去爱一次，甚至爱两次。真是活受罪，先生们，请你们相信我。别人内心深处不相信我是在受罪，甚至还时不时露出讥笑，可我毕竟是在受罪，受的还是一种真真正正、确凿无疑的罪；我吃醋，控制不住自己……这一切都是由于无聊，先生们，一切都是由于无聊；受制于惰性。毕竟意识的直接、合法、不加修饰的果实——那就是惰性，或者说自觉地摊着手坐着什么也不干。刚才我在前面已经提到过了。我再重复一遍，再着重强调一遍：所有的天真汉和大忙人，所以如此积极，是因为他们愚钝而且目光短浅。这怎么解释呢？是这样的：他们因为自己的目光短浅，把一些短期的、次要的动机当成原初的动机，这样他们更容易，也更快就确信给自己的事业找到了坚实不移的根基，因此就安心了；毕竟这是最重要的。毕竟要开始行动就必须先要彻底安心，确认所有的疑惑都消除了。那么我又是如何，比如说，如何使

地下室手记 | 023

自己安心的呢？让我死心塌地的原初动机是什么，我的根基又是什么呢？我又是从哪里找到它们的呢？我在思维中反复模拟，结果，对我来说每个原初的动机都会立刻把我拉向其他的更原初的动机，这样就没完没了了。这正是所有的意识和思维的实质。那么，这已经又是自然法则了。所以最终结果如何呢？不过就是那么回事。请回忆一下：我刚刚讲到过复仇。（你们，大概没有往深了想。）据说：人复仇，是因为要在其中寻求正义。这就是说，他找到的原初的动机、找到的根基正是正义。那么，他从方方面面就都安心了，于是复仇将平静、顺利地进行，他也将坚信，他做的是纯洁而公正之事。而我则完全看不到其中的正义，也找不出任何美德，所以，我要是开始复仇的话，纯粹是出于愤恨。愤恨，当然可以胜过我所有的疑惑，也许正因它不是动机，它完全可以充当原初的动机。但如果我没有愤恨，又该如何（我之前就是从这里开始讲的）。我的恨意又一次由于这些可恶的意识的法则而陷入了化学分解中。你看——对象消失了，依据溜走了，罪人也找不到了，欺辱不再是欺辱而是命运，是某种类似牙痛的东西，这里面谁也没错，所以又一次只剩下一种办法——捶墙捶得更痛一些。因为找不到原初的动机，就随它去吧。试试看盲目地专注于自己的感觉，不下结论、不考虑原初的动机，与此同时赶走意识，不论去恨或者去爱，只要不是摊着手坐着什么也不干就行。后天，这已经是最迟的期限了，你就开始因为自欺欺人而蔑视自己。结果就是：肥皂泡和惰性。啊，先生们，我认为我是个聪明的人，可能正是因为我一辈子什么事也没开始做，也没做完过什么事。就算、就算我是个话痨吧，人畜无害的、惹人烦的话痨，就和我们所有人一样。不过，如果所有聪明人真正的、唯一的用途就是说废话，也就是故意地说些颠来倒去的空话，那还能怎么办呢？

## 第六章

唉，如果我仅仅是因为懒惰才什么事都没做过，先生们，那样我还是尊重自己的。我尊重自己，正是因为至少我能说自己懒惰；因为至少有了一种特点在我的身上，而且兴许还是种积极的特点，我可以以此树立自信。问题：这是个什么样的人？回答：懒惰的人；要是能听到别人这么评价自己，也会让我高兴啊。也就是说，这是一种实实在在的定性，也就是说，关于我还有话可说。"懒人！"——这毕竟是种名号和称谓，这是种功名啊。你们别笑，就是这么回事。到那时我就能顺理成章地成为头等俱乐部的成员并且一门心思只研究怎么不停地尊重自己。我认识一位先生，他一辈子都以会品拉菲酒为傲。他认为这是自己的过人之处，而且从不怀疑自己。他死的时候不仅仅很安详，而是带着极为得意的心情，他完全有权这样。现在我也给自己选好了前途：我是懒蛋和馋鬼，但是不是普普通通的那种，而是，例如，认为自己美好且崇高的那种。你们对此意下如何？对此我已经遐想很久了。在我四十岁的时候,这个"美好与崇高"重重地压在我的脑子里,但是那是我四十岁的时候,而现在——啊,现在已经完全不同了!我现在已经找到了合适自己的事业——正是:为所有美好与崇高的人的健康喝上一杯。不论什么时候我都吹毛求疵,好能率先往自己的酒杯里洒下眼泪,然后再为了所有美好与崇高将它一饮而尽。我把世上的一切都当做美好与崇高的;在最下流的、不容争辩的败类中寻找美好与崇高。我成了随时准备淌眼泪的人,像一块被浸湿的海绵一样。例如,一个画家画了盖伊①的画。这时我就为这位画了盖伊的画的画家的健康干杯,因为我爱所有"美好与崇高的"东西。一个作家写了《随谁的便》②,那就为"那个给人行方便的人"的健康干杯,因为我爱所有"美好与崇高的"东西。就为这我也必须尊重自己,我要跟那些不尊重我的人没完。生而平静,死而庄重——这多么美妙,美妙极了!于是我塞大了自己的肚皮,下巴堆成了三层,鼻子搞成了酒糟鼻,每一个迎面走来的人都看着我:

---

① H. H. 盖伊(1831—1894),俄国画家,素描大师,极擅长表现历史题材和宗教人物。
② 这里是论战性地攻击萨尔蒂科夫-谢德林,他对盖伊的画作《最后的晚餐》表达了同情意见(参见《现代人》1863年第11期,《我们的公共生活》)。这幅画于1863年首次在美术学院的秋季展览中展出,进而引发了一系列大相径庭的观点。随后,陀思妥耶夫斯基批评盖伊混淆了"历史的和当今的"事物,因此,根据陀思妥耶夫斯基的观点:"(盖伊的作品)表达了虚伪和偏见,所有的虚伪都含有谎言而完全不是现实主义"(《作家日记》1873年,《从展览说起》)。《随谁的便》:1863年,谢德林发表在《现代人》杂志第7期上的文章。——俄文版编者注

"不得了！这才是真正的体面人！"不管你们怎么想，先生们，这样的评价在我们这个恶劣的时代里听起来才让人感到舒服。

## 第七章

　　不过这全是金色的幻想罢了。请问,是谁第一个解释、第一个宣告说:人是因为不清楚自己真正的利益才会光干坏事,而如果给他以启蒙,让他了解到他真正的、正常的利益之后,这个人立刻就不再作恶了,立刻就成为了善良的、高尚的人,因为有智识并了解自己真正利益的人恰恰能在善中看到自己的私利,而众所周知,没有人会明知故犯地去损害自己的私利,或者这么说吧,这个人就不得不去做好事了?真是好家伙!好一个纯真无邪的小宝宝!首先我要问,这千百年来,什么时候常见人仅仅从自己的某一种私利出发而行事了?人预先完全了解自己真正的利益,但是却把它置于次要地位,而是选择投身于另一条道路,去冒险,去撞大运,没有任何人、任何事强迫他这样做,而是仅仅好像不愿选既定的道路,而是固执己见、一意孤行地选一条不同的、困难的、荒谬的,几乎是在漆黑一片中摸索的道路,对此有成千上万的事实依据和证据。那么这就意味着对他们来说,比起利益他们更喜欢固执和任性……利益！什么是所谓的利益？你们能负责任地完全准确地断言人的利益是什么吗？有时候，人的利益便在于，在那种情况下不是可以期望，甚至是应该期望自己陷于不利地位而非处于有利地位，这样一来又该如何呢？要是这样的话，哪怕仅仅是有可能出现这种情况，那不是所有的规矩都灰飞烟灭了吗？你们自己想想，没有过这样的情况吗？你们在笑，笑吧，先生们，但是请回答我：你们完全准确地数清楚人的利益了吗？就没有那些不仅不属于，也没法归入任何等级的利益吗？毕竟你们这些先生们，就我所知，在你们关于人的利益统计表中不过是写上了由统计数字和经济学公式计算而来的平均数。你们的利益无非是——生活美满、富足、自由、安宁，等等，无非如此，有一个人，比方说这个人公开地、明知故犯地去反对这张统计表中的一切，在你们看来，当然我也这么看，他都是一个蒙昧主义者或者一个不折不扣的疯子，是这样吗？然而令人惊讶的是：为什么所有这些计算人的利益的统计学家们、智者们和热爱人类的人们总是漏掉人的利益中的一种呢？甚至这种利益都没有被以应有的形式列入计算中，而这种利益却是对计算结果起着决定性作用的。要是把它哪怕随便列进表单里面，那也不会酿成大错。但是坏就坏在这种令人头痛的利益放在哪个等级里都不行，也没有哪个表单能放得进它。举例来说吧，我有个熟人……哎，先生们！他也是你们的熟人啊；应该说没有谁不是他的熟人！只要准备做什么事情了，这位先生就会立刻对你们阐述起来，滔滔不绝又清楚明了，说他行事应当如何依照理性和真理的法则。不仅如此：他还会情绪激动而充满激情地跟你们讲真正的、正常的人的利益；讥笑着责备短视的蠢汉不懂自己的利益，不明白善事的真正意义，然后——差不多过了一刻钟，没有任何突然的、不相干的原因，而正是由于某种内在的原因，强过了他所有的利益——他搞起了完全不同的名堂，也就是说明确地反对他说过的东西：既反对理性法则，也反对个人利益，一言以蔽之，反对一切……我先声明，我的这位熟人——是一个集合形象，所以很难把责任怪在他一个人头上。那么，先生们，在现实中存不存在这样的事物：几乎对所有人来说它都比个人的最重要的利益更珍贵，或者（为了不破坏逻辑）有一种最有利的利益（正是我们刚刚说过的那种被遗漏的利益）比所有其他的利益更重要也更有利，并且对于个人来说，如果需要的话，他准备反对所有的法则，也就是说，反对理性、诚信、平和、幸福生活，——总之就是所有一切美好而有益的事物统统反对，只为了获得这个最原始的、最有利的、对他而言比一切都珍贵的利益。

"可是，说到底还是利益呀。"你们要打断我了。请允许我再解释一下，问题不在于抠字眼，而是在于这种利益正是无与伦比的那种，它将打破我们所有的等级并摧毁所有的热爱人类的人为了人类幸福而建立的系统。一句话来概括，它阻碍了一切。不过在我给这种利益命名之前，我先要抛弃我的名誉，然后放肆地宣布，所有这些美好的系统，所有这些旨在向人类说明真正的、正常的利益必须竭尽所能去获取并且一旦这样做人就立刻变得善良和高尚的理论，在我看来，是一种数理逻辑。是的，数理逻辑！毕竟要通过人类的利益系统确立人类升华的理论，在我看来，这难道，几乎……举例来说吧，追随巴克尔①的理论，就断定人由于文明而变得柔和，理所应当地就变得没那么血腥和好战了。从逻辑的角度，他大概是能得出这样的结论的。但是一个人酷爱系统和抽象的结论就导致宁愿不再寻求真理，宁愿视而不见、听而不闻，而就是要证明自己的逻辑。之所以举这个例子，就是因为这是再清楚不过的例子了。我们来看看周围吧：到处血流成河，而且以极其欢畅的形式，几乎像香槟喷涌而出一样。你们看看我们整个十九世纪，巴克尔正是生活在这个时代。你们看看拿破仑——不管是成为伟大的那个，还是现在的那个②。你们看看北美③——永恒的联邦。你们看看可笑的石勒苏益格-荷尔斯坦因④……我们的文明变柔和之

---

① 亨利·托马斯·巴克尔（1821—1862），英国历史学家和社会学家，在他的两卷本的著作《英国文明史》中宣称一种思想，即人类文明的发展可以减少人民之间的战争。（参见：巴克尔，《英国文明史》，圣彼得堡，1863 年版，第一卷，第 141—146 页）——俄文版编者注
② 拿破仑是法国皇帝的姓氏，这里分别指拿破仑一世（1769—1821）和拿破仑三世（1808—1873），他们统治时期都以率领法国发动多次战争而著称。——俄文版编者注
③ 1861—1865 年间，在北美洲，坚决反对取消奴隶制的南方爆发了暴动，为了镇压暴动而发生了战争。——俄文版编者注
④ 石勒苏益格-荷尔斯坦因日耳曼公国从 1773 年事实上成为了丹麦的省。1864 年爆发普鲁士—丹麦战争，最终以该地区并入普鲁士告终。——俄文版编者注

后就成了这样的东西?文明在人身上只会引起多维度的感觉以及……绝不会有什么别的了。经历了这种多维的发展之后,人,请注意,人甚至会到在血中寻找刺激的地步。要知道,这种事已经发生过了。你们是否记得,那些最狠毒的嗜血者,几乎全是最文明的先生们,有时候各种阿提拉①和斯捷潘·拉辛②都远远比不上这些先生,要说这些先生远不如阿提拉和斯捷潘·拉辛那样惹眼,那恰恰是因为他们太常见了,经常遇到早就为人见怪不怪了。至少,如果文明没有使人更加血腥的话,那么与之前相比,大概人也会在血腥起来的时候更卑鄙下流。之前他在屠杀中看到的是正义,并且心安理得地消灭那些该被消灭的人;现在我们都认为屠杀是恶劣的行径,可是我们干起这恶劣的行径却比以前更多了。孰优孰劣?——你们自己决定。据说,克娄巴特拉③(我为从罗马历史中找了个例子而道歉)喜爱将金针插入自己的女奴隶胸中,从她们的尖叫和抽搐中找乐子。你们说这是在相对野蛮时代的事;你们说现在也是野蛮的时代,因为(还是相对而言)现在针还是会扎人;你们说现在人们比起野蛮时代虽然已经能够在有些时候把事情看得更清楚了,但是毕竟行

---

① 阿提拉(406—453),匈奴部落首领,主导了在罗马帝国、伊朗和高卢地区的毁灭性军事行动。——俄文版编者注
② 斯捷潘·季莫费耶维奇·拉辛(约1630—1671),顿河哥萨克,发动了1667—1671年的农民起义。——俄文版编者注
③ 克娄巴特拉(前69—前30),埃及托勒密王朝末代法老,她的名字在1861年经常出现在俄国的出版物中。(参见陀思妥耶夫斯基的文章《回答〈现代人〉杂志》,1861)——俄文版编者注

为上要符合理性和科学的要求,人们还远无法习惯。但是你们依然完全相信他必然会习惯的,只要这些个旧的恶习消失了,只要健康的思想和科学完全让他焕然一新并将他的人性引向正途。你们相信,此时人就不再自发地犯错了,也就是说,人就不得不将自己的意志与自己正常的利益结合起来了。此外:这时你们会说是科学本身教人明白(尽管在我看来这不过是奢望而已)实际上他不仅没有自由,也不存在任性,甚至从来不曾出现过这些东西;教人明白他不过是像钢琴琴键①或者管风琴的音栓之类的东西;教人明白世界上还有自然法则凌驾于一切之上,所以一切事情都不是人做成的,这些事不受人的意愿左右,而是根据自然法则进行。所以,只要发现了这些自然法则,那么人就不用为自己的行为负责了,生活就变得无比轻松。所有人的行为将按照这些法则以数学的方式分配好,就像是一直到十万零八千的对数表那样,然后把各种行为写进日历,或者更甚者,直接出现一些出于好意的出版物,比如现行的百科词典之类的,在其中准确地把一切都计算出来并标注清楚,于是世界上再也没有什么行为和历险可言了。

"这时,"这一切是你们说的,"新的经济关系到来了,

---

① 指的是法国唯物主义哲学家狄德罗(1713—1784)在他的著作《达朗贝尔和狄德罗的谈话》(1769)中的结论:"我们是天生具有感知和记忆能力的乐器。我们的感觉即是琴键,我们周围的自然环境会按动琴键,很多时候琴键本身也会按动自己。"——俄文版编者注

各种关系完全齐备，并且以数学的精确性计算得出，一瞬之间所有可能出现的问题都将消失，因为他们都得到了各种可能出现的答案。那时水晶宫[①]建成了。那时……总之，这时可汗鸟[②]将飞过。"当然不能肯定地说（现在已经是我在说了）那个时候不会，比如说，不会极度无聊（因为要做的事都已经在表格上算好了），不过所有事都无比明智。当然了，出于无聊还有什么想不出来呢！毕竟金针还是会因为无聊而戳人，但是这已经无所谓了。糟糕的是（这又是我在说）那时恐怕人们已经以金针为乐了。毕竟人是愚昧的，无比愚昧。就算人一点也不愚昧，但是已经是不知感恩的了，其他类型的人是完全找不到的。要知道，我是完全不会因为这样的事儿感到丝毫惊讶的，比如说，如果突然无缘无故地从普遍的未来理性中跳出来某位绅士，他带着一副不体面的，或者说是落后反动的讥笑嘴脸，两手叉腰对我们所有人说：怎么着，先生们，这一次我们把理智一脚踢开，就为了让这些对数见鬼去吧，让我们再次由着自己这愚蠢的天性活着吧！这倒也没什么大不了的，不过让人沮丧的是他总归能找到追随者：这就是人呀。这一切都是源于一个最空洞的原因，这个原因甚至不值一提：不管什么时候、什么地方，无

---

① 参见车尔尼雪夫斯基的小说《怎么办？》中的《维拉·帕甫洛夫娜的第四个梦》。书中描写了"铁-水晶"的宫殿建筑，社会主义社会的群众生活在这座类似傅立叶所描绘的（参见傅立叶的《宇宙统一论》，1822）宫殿里。这座宫殿的外观上的细节参考了伦敦的水晶宫。——俄文版编者注
② 根据民间传说，这种神话中的鸟将为人带来幸福。——俄文版编者注

论是谁，人就是喜欢随心所欲，而不是受他的理智和利益支配；就想能够违背自己的利益，而且有时候甚至是就应该如此（这已经是我的想法了）。自己私人的、自主的、自由的欲望；自己私人的哪怕是荒谬的任性；自己的、有时被刺激到发了疯的想象力——这一切就是那个被遗漏的最有利的利益，这利益不属于任何等级，也是这利益让所有的系统理论灰飞烟灭。这些智者们是从何得出的结论说，人必须有某种正常的、某种高尚的欲望呢？他们又是从何断定人必须理智地服从有利的欲望呢？人仅仅需要一种自主的欲望，不论这个自主的欲望的代价是什么或者将使他们陷入怎样的境地。毕竟鬼才知道什么是欲望……

## 第八章

"哈——哈——哈！毕竟欲望这东西，实际上，也可以说就是不存在的！"您大笑着打断我，"现如今科学甚至已经可以仔细地将人完全解剖了，所以我们也已经弄清楚了，所谓欲望和自由意志不过是类似……"

"先生们，你们先停一下，我自己也本打算这么开场来着。我承认，我曾被唬住了。我刚刚就想大喊说鬼知道欲望是怎么来的，又是个什么东西，但是，谢天谢地，我也想到了科学……就忍住了。然后你们就讲起来了。那么事实上，要是真的有那么个时候，找到了我们所有的欲望和任性的计算公式，换句话说就是弄清了欲望取决于什么；弄清了欲望究竟遵循什么样的规则；弄清了欲望到底如何扩散；弄清了欲望在这样那样的情况下趋向何处，如此等等，也就是说，找到了一个真正的数学公式——到了这时，人啊，立刻就不再有什么欲望了，应该说也必然不再有欲望了。何苦按照表格来产生欲望呢？更何况：这时起人就从一个人变成了管风琴上的音栓,或者这样说,因为这个人没有愿望、没有意志、没有欲望,不是管风琴上的音栓又是什么呢?您觉得呢?我们思考一下概率——这是可能还是不可能发生的情况?"

"唔……"你们解释说,"我们的欲望中一大部分是错的,这通常是由于关于自身利益的错误看法。我们之所以有时候就想要纯粹的胡扯,是我们被愚蠢蛊惑,因而在这些胡扯中看到了一条最轻松的途径,以为可以获得某种实现假定利益。但是,当这一切都在纸上被注明、被算清的时候(这是非常有可能的,因为先入为主地认为人永远也没法认识某些自然的法则,这么干既让人讨厌而且也显得荒谬),这时当然就不会有那些被称为愿望的东西了。如果欲望完全同理智串联起来,到了那时我们就会理性思考,而不是自己在那产生欲望了,因为毕竟不能这样子,比如说,不能一边保持理智,一边期望荒谬的东西并以这样的方式来明知故犯地违背理智并祝愿自己受到损害……正是因为所有的欲望和理性思考都能真真切切地算清楚了,因为某个时刻我们所谓的自由意志的法则被发现了,于是就会这样,这可不是玩笑话,就会建立某种像表格一样的东西,而我们也真的会按照这个表格产生欲望了。比如,要是有朝一日有人给我算出并证明,我朝着某人比划了一个下流的手势①,只是因为我不得

---

① 姿势为握住拳头将拇指从食指和中指间露出来,表示轻蔑和鄙视。

不这样做，手指必须朝他这样比划，那我身上还剩下什么自由可言？特别是如果我还是个学者，已经在某地毕业了。这时我就可以把我未来三十年所有的生活算个清清楚楚了，总之，如果这个表格似的东西建好了，那么我们就什么也做不了了，反正总归要接受。而且我们将不知疲惫地重复告诉自己，在这样的时候、这样的情况下，大自然绝不会向我们请示什么，告诉自己我们要按大自然本来的样子去接受它，而不能凭我们的想象，如果我们真的追求表格和日程表，嗯，那……哪怕是追求蒸馏瓶，那也没有别的办法，就应该信奉蒸馏瓶！否则蒸馏瓶就抛开你自行其是了……"

"是的，对我来说难也就难在这里！先生们，请你们原谅我，我刚刚有点夸夸其谈了，毕竟在地下室里过了四十年！请你们设身处地地想象一下。你们看到理性了吗，先生们，理性是好东西，这毫无争议，但是理性只是理性而已，它只符合人的理智思考的能力，而欲望是一生都有的现象，也就是说人的一生，理智思考的时候也好，各种心痒难耐的时候也好，都有欲望。尽管我们的生活中总是因欲望搞出各种麻烦事端，但是这毕竟是生活，而不是什么平方根算法。就拿我来说吧，我完完全全、理所应当地希望活着是为了让我的所有能力得到满足，而不是为了只满足理性的能力，也即不是只为了满足我生活能力中的二十分之一。理性会干什么呢？理性只掌握已经成功地被认知的东西（有的东西永远无法被认知，这固然不是什么让人愉快的事，但是为什么不能明说呢？），而人的天性则是以一个整体来运作的，不管有什么都是一个整体，哪怕是有意识或者无意识地扯谎，但也是在活着。我猜，先生们，你们都怜悯地看我，你们向我重复道，一个有学识的、进步的，总之，一个未来的人是不会那样的，不会明知故犯地期望给自己带来不利，这是数学。我完全同意，这绝对是数学。但是我要向你们重复第一百次，还有一种情况，在此情况下，人故意地、有意识地期望自己受损害、期望自己犯傻，哪怕傻到极致，而这正是为了有权利期望自己犯傻哪怕犯到极致，而不是在义务的约束下只能期望自己做一种明智的事。这当然是愚蠢之极的，这完全是由着自己的性子胡来，而实际上，先生们，这却可能是在世界上所有存在的东西里对我们这位仁兄最有利的，尤其是在某些特定的情况下。具体来说，在这种情况下，即甚至会给我们带来明显的损害，并且完全违背我们关于利益的理性思考得出来的最合理的结论。这仍可能是比所有利益都更有利的，因为在任何情况下我们都必须保留自己最主要的和最珍贵的东西，也就是说保留我们的人格和个性。某些人对此表示肯定，对人来说，这确实是最珍贵的，当然如果你愿意的话，欲望是可以和理智相一致，尤其是不滥用欲望而是适当地使用它，这是有益的，甚至有时候是值得称道的。但是欲望通常，甚至绝大多数时候是与理智完全直接冲突的，那么……那么……那么你们还知道这是有益的，甚至有时候是值得称道的吗？先生们，我们假定人是不愚蠢的。

(实际上无论如何都不能说人愚蠢,尽管只有一个原因:如果说人是愚蠢的,那么还有什么是聪明的呢?)但是就算人不愚蠢,也毕竟是极度忘恩负义的!忘恩负义到无与伦比。我甚至在想,关于人最好的定义——就是这样:忘恩负义的两脚造物。但这还不是全部,甚至不是人主要的缺点,人最主要的缺点是一贯品行不端,从大洪水①开始到人类命运中的施勒斯维希·霍尔施坦因时期一贯品行不端。品行不端,然后就是蛮不讲理,众所周知,蛮不讲理必然是从品行不端中诞生的。请大家看一看人类的历史,你们看到了什么?壮观?行吧,就算是壮观吧,就比如罗得岛上的太阳神巨像②吧,多么壮观!阿纳耶夫斯基③先生不会无缘无故去求证关于它的传言:有人说它是人类劳动的杰作,也有人断定是大自然的力量塑造了它。多姿多彩?好吧,就算是多姿多彩,光是厘清各个时代各个民族的军礼服和便服——这就足够多姿多彩了,光是研究文官制服④就能把人的腿累断,没有哪个历史学家能受得了。单调?说单调确实也单

---

① 出自《圣经·旧约·创世记》中洪水灭世的典故。
② 罗得岛上的太阳神巨像——太阳神赫利俄斯的青铜雕像,高达 32 米,雕塑于公元前 280 年,被称为世界七大奇迹之一,竖立在古希腊城市罗得斯城的港口上。——俄文版编者注
③ A. E. 阿纳耶夫斯基(1788—1866),小品文作者,这些小品文在 19 世纪 40 年代至 60 年代经常成为书报业嘲笑的对象。在一本被他起名为《好学不倦的安提利翁》的小册子里(圣彼得堡,1854)中写道:"罗得岛的太阳神之建立,有些作家坚信这是世界七大奇迹之一,而另一些则断言,它绝非出于人类之手,而是大自然建立的。"——俄文版编者注
④ 专指俄国时期的文官制服,可以根据制服的制式判断该官员的级别。

调：除了东征西讨，还是东征西讨，现在打仗，过去打仗，将来还是要打仗——你们也会赞同说，这确实是太单调了。总之，一切都能用来形容世界的历史，一切出现在脑子里的混乱瞎想都行得通。只唯独有一种想法不行——不能说世界的历史是明智的。说的第一个字就把你们噎住了。甚至还总能遇到这样的事：毕竟在生活中有一群高尚、理智的人，一群智者和热爱人类的人，他们给自己定的人生目标正是尽可能地高尚和理智，换句话说就是去照亮周围的人们，为的就是向周围的人证明，人确实可以一辈子高尚而理智地活在世界上。结果如何？众所周知，这些热爱人类的人中的大多数都早早晚晚在生命的末尾背弃了自己，闹出了一些丑闻，有时甚至是最下流的丑闻。这时你们要问：对人这种生来就有各种古怪品质的造物，还有什么好期待的呢？就算你们给予他尘世的全部福祉；把他从头到脚完全塞进幸福里面，塞得只有些气泡就像从水里涌出一样从幸福的表面冒出来；给予他经济上的富足，这样他就什么也不做了，除了睡觉、吃甜饼、为了没完没了的世界的历史而忙活——即使这样，他依然是那种出于忘恩负义、出于诽谤的目的会对你们干下流勾当的人。他甚至拿来甜饼冒险，故意想说最有害的胡诌、想干最不合算的荒诞行径，仅仅就是为了往这完整的正确的明智思想中掺入自己那有害的幻想成分。指望用自己那低级的傻里傻气保持住的正是自己的这些离奇幻想，这仅仅是为说服自己（说服自己恰恰非常必要），人总归是人,而不是钢琴琴键,哪怕这些琴键是自然法则亲手在弹奏,但是也有弹到使人除了日历别的什么也不再想要的危险。更何况,就算是他已经真的成了钢琴琴键,就算这一点是由正宗的科学和数学证明的,即便如此,他仍不肯醒悟,仍然故意做些相反的事,尤其是固执己见,这完全是出于忘恩负义。在这样的境地下,他找不到出路——就想到了毁灭和混乱,想到了各种痛苦,靠这些来固执己见!满世界地骂人,因为一个人能做的只有骂人了(这已经是他的特权了,是他区别于其他生物的主要形式),毕竟只有骂人他才能让自己,让自己真正相信,他是个人而不是钢琴琴键。如果你们说,这一切,混乱也好,黑暗也好,骂人也好,都能按照表格算清楚,如果都预先计算清楚了,就有可能让这一切停下来,让理智发挥作用——可是在这种情况下人故意发疯就是为了不要理性而固执己见!我坚信是这样,我也对此负责,因为几乎所有人类的事业,无非是在一刻不停地向自己证明,我是个人,而不是一个音栓!哪怕是螳臂当车,也算是证明过,哪怕回到原始人,也算是证明过。这样一来,怎能不胡作非为,怎能不夸夸其谈、说这还没完,鬼才知道这欲望是怎么来的……"

你们冲我吼(如果现在你们还乐意把吼声赏给我的话),说没有人剥夺我的意志,他们所张罗的,是为了通过他们自己的意志,让我的意志同我自己的正常利益、自然法则和数学法则相符合。

"唉，先生们，到了表格里，到了数学算法中，哪还有什么自己的意志，那时候有的只有二乘二等于四了。二乘二不要我的意志也等于四。这样就算自由意志吗！"

## 第九章

先生们，我当然是在开玩笑的，而且我自己也知道，这个玩笑开得不成功，不过毕竟不能把所有的内容都当成玩笑。我可能是咬牙切齿地在开玩笑呢。先生们，有些问题一直折磨着我，请你们帮我解答一下。就比如你们吧，你们想让人克服旧的习惯，改正他们的欲望使之符合科学和健康的思想。但是你们如何知道，人不仅可以，而且是需要这样的改正呢？你们从何断定人类的欲望必须被改正呢？总而言之，你们如何知道改正就一定给人带来好处呢？你们如何能这么肯定地确信，不违反由理智和算数得出的真正的、正常的利益就会真的永远对人有利；这就是对全人类适用的法则呢？这毕竟还只不过是你们的一个假设。我们假定这个法则合乎逻辑，但是可能却完全不符合人性。先生们，你们大概觉得我是个疯子吧？请让我预先说明。我同意：人是一种动物，主要是一种不得不有意识地渴求某种目标并钻研工程技术的造物，也就是说永远坚持不懈为自己开拓一条道路，无论通往什么地方。但是他有时候也想往别处拐个弯,大概正是因为他是不得不开拓这条道路的,因为不管这位直来直去的大忙人多蠢,他总会想到,所谓路嘛,几乎永远都是在通往什么地方,关键不在于路通往哪里,而在于有路可走,有教养但轻视工程技术的小孩不会沉浸在致命的游手好闲中,众所周知,游手好闲是所有恶习之母。人喜欢创造和开拓道路,这毋庸置疑。但是为什么他也极度地喜欢毁灭和混乱呢?请你们回答我!不过对此我本人倒是想要特别申明两句。人如此喜欢毁灭和混乱(人有时候非常喜欢,这也是毋庸置疑的,事实如此),是不是因为他本能地害怕实现目标并且建成大厦呢?你们如何能知道,他可能只在远处喜欢大厦,而绝不靠近;他可能就喜欢建造它,而不是在其中生活,而是之后把它让给家畜①,让给蚂蚁啊、绵羊啊,等等,等等。蚂蚁完全就是另一回事了。蚂蚁们有一栋与此类似的、惊人的、永远牢不可摧的大厦——蚁穴。

极其可敬的蚂蚁们都是从蚁穴中诞生,大概也是在蚁穴中死去,这一点使它们的坚持不懈和积极正直声名远播。而人是种轻浮而不体面的生物,可能就像象棋选手那样,喜欢的仅仅是实现目标的过程,而不是目标本身。谁又知道(打包票是不行的),有可能世界上人所追求的一切目标,不过在于这种实现目标过程的连续性,或者说就在于生活本身,

---

① 原文为法语。

而不在于目的本身，大概，这种目的应该就是像类似二二得四之类的东西，也就是说是一个公式，而二二得四已经不是生活了，先生们，那是死亡的开始。至少人永远在某种程度上惧怕这种二二得四，我连现在也在害怕。假定一个人除了寻找这种二二得四别的什么也不做，他漂洋过海，把生活全献给了这种找寻，但是要寻得了，真的要找到了——上帝保佑他，他得多么害怕呀。他总归有这种感觉，一旦找到了，那就再没什么可以寻找的了。工人，干完了活，至少可以拿到工钱，去小酒馆，然后随便干点什么——一周就这么过去了。但是这个人能去哪？至少每一次在达成某种目标的时候他都会显得不太自然。实现目标这种行为他是喜欢的，但是真的达成目标就完全不是那么回事了，这当然可笑极了。总之，人生来是可笑的，这显然是一语双关。但是二二得四——总归是令人极其难受的东西。二二得四——在我看来，就是厚颜无耻。二二得四得意地看着，双手叉腰横在你们的路上，还啐着唾沫。我承认，二二得四是极好的东西，但是如果已经赞美一切了，那二二得五，有时候也是乖巧的小玩意儿呢。

还有，为什么你们如此坚定、如此郑重地确信，只有一种正常的、积极的——换句话说只有一种幸福生活对人有利呢？理智就不会弄错利益吗？毕竟也可能人就喜欢不要过幸福生活呢？也可能他偏偏就喜欢痛苦呢？也可能偏偏就是痛苦和幸福生活对他一样有利呢？而人有时候疯狂地喜欢痛苦，极度喜欢，这是事实。这一点用不着查世界历史，自己问问自己，只要你们也是人，多少也活过的话。而且就我自己的个人观点来说，只喜欢某一种幸福生活，甚至有些不体面。好也罢，不好也罢，但是有时候毁掉什么东西确实非常让人开心。实话实说，我既不是在捍卫痛苦，也不是捍卫幸福。我是在……捍卫我的任性，捍卫那种在我需要的时候能为我提供保障的东西。比如说痛苦，轻喜剧里是容不下痛苦的，这我知道。在水晶宫里痛苦是没法想象的：痛苦是怀疑、是否定，而水晶宫是什么？在水晶宫里难道能产生怀疑？由此，我相信人对于真正的痛苦，也就是说对于毁灭和混乱，有的时候是不排斥的。痛苦——这可是意识唯一的原因。我虽然在一开始的时候言之凿凿，意识在我看来对人而言是最大的不幸，但是我知道，人喜爱意识，无论用什么享受都无法替代意识。比如说，意识无限地高于二乘二。在二乘二之后，大概什么也没有了，不仅什么也做不了，甚至什么都没法认识了。到时候能做的只有堵住自己的五感，然后陷入冥想。而有了意识，虽然结果仍是如此，也就是说仍是什么也做不了，但是至少还能自己敲打自己，而这多少能让人振奋一下。就算是反动，也总比什么都没有强。

## 第十章

你们相信永远牢不可摧的水晶建筑,也就是说相信这种不许偷偷冲它吐舌头,也不能在兜里冲它比划下流手势的东西。而我,大概正因为它是水晶制成而且牢不可摧,甚至不让人偷偷冲它吐舌头而惧怕这个建筑。

请你们试想一下:如果用鸡窝代替了宫殿,那么下雨的时候,我或许会爬进鸡窝以免被淋湿,毕竟不会因为感激它为我挡雨就把鸡窝当成宫殿。你们在笑,你们甚至会说在这种情形下,鸡窝还是豪宅——都是一回事。是的,我回答说,如果活着仅仅是为了不淋湿的话。

如果我固执己见地说,人们活着不是单单为了这件事,而且要活就活在豪宅里,又当如何?这是我的欲望,是我的愿望。只有当你们改变了我的愿望的时候,才能把它从我身上刮掉。好吧,用其他东西来改变我、吸引我吧,给我一种别的思想。现在我已经不会把鸡窝当成宫殿了。姑且就当水晶建筑是一团浮云;就当按照大自然的法则它本不应存在;

就当我是由于自己的愚蠢,由于我们这代人的一些陈旧的、不合理的习惯而想象出来的。不过它该不该存在同我有何关系。这不都是一回事吗?如果它存在于我的愿望里,或者更确切地说,只要我的愿望存在它就存在。大概你们又在笑了吧?尽管笑吧,所有的嘲笑我都接受,我仍然不会在想吃东西的时候说我饱了;我仍然知道,我不会满足于妥协,我也不会就因为一个无限循环的零按照大自然的法则并且真真切切地存在,就满足于这个零。一座巨厦,里面的房间按千年之久的租约租给贫穷的租客,还在招牌上列出了牙医瓦根海姆以备不时之需,我不接受这种巨厦做我愿望中的王冠。消灭我的愿望吧,碾碎我的思想吧,给我看看更好的东西,这样我就听你们的。你们,大概会说跟我打交道都不值当,那么我也要用同样的话回敬你们。我们是在严肃地交流,如果你们不想给我以关注,那我也不会鞠躬请求的。我有地下室。

只要我还活着并且在期望,假如令我为我的巨厦添上哪怕一块小小的砖块①,那就是让我的手烂掉好了!你们别看我刚刚自己还在批判水晶建筑,但那仅仅是因为不能向它吐舌头。我这样说,完全不是因为我喜欢向人展示我的舌头。

---

① 对法国空想社会主义者傅立叶和孔西得朗(1808—1893)所著书中"为未来社会的大楼带来自己的石块"一句论战性的影射。关于这句话的同空想社会主义的争论在作者的长篇小说《罪与罚》中被拉祖米欣(第3部第5章)和拉斯柯尔尼科夫(第3部第6章)再次提起。——俄文版编者注

我大概只是气愤，因为你们所有的建筑里也找不到一个能让人不冲它吐舌头的。相反，如果能建成那栋让我自己不想冲它吐舌头的建筑，光是出于感激，我也会把自己的舌头割掉的。至于说这种建筑就不可能建出来，有个住的地方就应该满足，这跟我有什么关系？为什么我生来就有这样的愿望呢？难道就是为了确定某种结论，证明我的整个生命构成就是一场虚空？难道这就是全部的目的？我不信。

此外，你们是否知道：我确信，我这位地下室的仁兄需要被约束。他虽然能默默地在地下室里干坐四十年，但是一旦真的让他冲到光天化日之下，他就会说啊，说啊，说啊……

# 第十一章

最后的最后,先生们:最好还是什么都不做!故意为之的惰性再好不过了!总之,地下室万岁!我还要说,我极度地妒忌正常人,但是就算如此,当我看到他的时候我也不想成为他(尽管我仍然无法停下对他的妒忌。不,不,在所有情况下地下室都是更有利的!)。在那里至少可以……唉!我连这也是在说谎!说谎,因为我自己就像知道二乘二一样知道,最好的根本不是地下室,而是我渴望但是却永远找不到的别的、完全不一样的东西!见鬼的地下室!

要是我能相信我现在写的这一切里面的随便什么东西——那也要好得多了。我向你们发誓,先生们,我现在匆忙写就的这些东西里,我一个、一个字都不信!或者说我也相信,但是与此同时我又感到怀疑,怀疑我在信口胡说。

"那你写这些东西干什么呢?"你们问我。

"要是我让你们四十年都无所事事,然后过了四十年再去地下室里看看你们,那时你们会成什么样子呢?难道一个人可以整整四十年什么事也不做吗?"

"这太无耻了,也太惊人了!"你们大概会一边轻蔑地摇着头一边这样对我说,"您渴望生活,但是却用逻辑上的混乱来解决生活中的问题。您还如此纠缠不休,您的行为如此粗鲁无礼,与此同时您居然还这样害怕!您说了一堆废话还对此非常满意;您说了一堆无礼的话,又不停地害怕它们并求人原谅。您信誓旦旦说您什么也不怕,但是同时又迎合我们的思想。您一面让我们相信您在咬牙切齿,一面又在说俏皮话逗我们发笑。您知道您的俏皮话毫无意义,但是,显然您非常满意它们字面上的作用。您可能是真的受过苦,但是您一点也不尊重自己的痛苦。您也掌握了真理,可您却没有赤子之心;您就为了些许的虚荣心,就把真理到处炫耀,让真理受人唾弃,把真理拿到市场上叫卖……您确实想说点什么,但是由于恐惧您就把后面要说的话给咽回去了,因为您没把它们说出来的决心,有的只是怯懦的厚颜无耻。您对意识夸夸其谈,但是您只是在摇摆不定,因为哪怕您的智力在发挥作用,但是您的心完全沉溺在荒唐之中,而没有纯粹的心灵——完整的、正确的意识是不会存在的。您如此地纠缠不休,您又如此强词夺理、装腔作势!谎言、谎言,全是谎言!"

当然,你们要说的这些话,我现在自己也能想到。这也是从地下室听来的。我在地下室里从缝隙中仔细地听这些话,一连听了四十年,从未断过。我自己也能想出来这些话,但也只能想出这些话了。把它们背得滚瓜烂熟并且用上了文绉绉的形式,这也就不难理解了……

但是,难道、难道你们就真的如此肤浅,真的以为我会将这一切刊印出来,甚至还要拿给你们阅读?这对我来说还有个谜:到底是为什么我称你们为"先生们",为什么我像在读者面前一样对待你们?那些我故意陈述出来的自白是不会印出来,也不会给别人读的。至少,我身上没有这样的坚定信念,我也不认为需要有。但是你们可知道:我的脑海里有这样一个幻想,我无论如何也要实现它。关键就在于此。

在所有人的记忆里都会有这样的东西,这些东西他不会对所有人开诚布公,而只是让朋友知道。也有些东西就连朋友也不让知道,只能向自己吐露,而且也要偷偷摸摸地吐露。但是,最后,还有些东西就连向自己吐露也会使人害怕,这样的东西在每一个正派人身上都能找得到。或者应该这样说:这个人越正直,他身上就越会有这种东西。至少,我自己不久前刚刚下决心把我以前的一些经历记下来,直到现在我还是尽力回避它们呢,甚至因为它们,我一直有点内心不安。而现在,我不仅回忆它们,甚至决定把它们记下来,现在我想试试:哪怕就对自己,能不能完全地开诚布公,并且不对这所有的事实感到害怕。顺道说起来:海涅确信一本可信的自传几乎是不可能的,因为人说到自己大概就会胡扯起来。按他的观点,比如卢梭吧,他一直在自己的

《忏悔录》中诋毁自己[①],甚至是出于虚荣而故意诋毁。我认为海涅是对的,我非常了解,一个人仅仅为了一种虚荣就用所有的罪行来诋毁自己,而我甚至非常清楚这种虚荣是什么。不过海涅批评那些在公众面前忏悔的人。我只为了我一个人而写,我一直这样解释,我写的方式好像是对着读者在写,这仅仅是一种表演,因为这样我能写得更轻松些。这是种形式,是种无意义的形式,读者对我来说是永远不会有的。对此我已经解释过了……

我完全不想在我这些笔记的措辞方面受到约束。完全不会制定顺序和体系。突然想起什么,我就写什么。

就比如:你们可能会对字眼吹毛求疵,然后问我说,如果您真的没有考虑过读者,那么您在这儿跟自己做什么约定呢,也就是说定好了完全不会制定顺序和体系,定好了突然想起什么就写什么,如此等等,更别说还写在纸上?您在向谁解释?又在向谁道歉呢?

"实在是拿你们没办法。"我回答道。

这首先完全是一种心理。可能我就是个胆小鬼呢。也可能我就故意想象公众就在我面前,好让自己在写笔记的时候表现得更正派些。原因可以有一千个。

---

[①] 在法国出版的《论德国》一书的第二卷中,海涅(1797—1856)在《自白》(1853—1854)中写道:"描绘自己的性格特征不仅是一项难为情的工作,而且这根本就不可能……尽管他全心全意想要做个真诚的人,但是没有一个人能说出关于自己的真相来。"因此海涅认定,卢梭在他的作品《忏悔录》中"做出了虚假的自白,以便把真实的行为藏在谎言之下",或许是出于虚荣。——俄文版编者注

你们可能还要问：我想写下来是为什么呢，有什么特别的原因吗？如果我不想公之于众，大可以把一切都记在心里，而不是写在纸上。

这么说吧，毕竟写在纸上显得更庄重些。这样也更加可靠些，可以更多地自我评价，还能增添文采。除此之外：有可能我能从记录中获得放松。或者是另外的情况，比如我被一种老早以前的记忆压得厉害。它一直在我脑子里清晰地重现着，到现在还像某种烦人的曲调一样揪住人不放，还留在我脑子里。而我这时就应该要摆脱它。这样的记忆我有一百种，但是偶尔这一百种中的一种会突出出来压迫着我。我不知怎么就相信，只要我把它写下来了，我就能摆脱它了。为什么不试试呢？

最后：我很无聊，我经常什么也做不了。记笔记真的就好像一种工作一样。据说，人通过工作会变得善良和纯洁。至少这是个机会。

现在下着雪，几乎是湿漉漉的、黄乎乎的、污浊的雪。昨天也下了，几天前也下过。我猜，是湿雪①的缘故，让我想起了一个笑话，这个笑话现在还不打算放过我。所以就当这是一个由于湿雪而来的中篇吧。

---

① 文学批评家和回忆录作者 П. В. 安年科夫在文章《俄国文学笔记》中写道："蒙蒙细雨和湿雪"是"自然派"作家和他们的模仿者所写中篇中对彼得堡环境描写必不可少的元素。——俄文版编者注
由于地面温度高于0℃，雪花在下落过程中融化，被称为湿雪，这一现象在彼得堡尤为常见。

第二部
湿雪的缘故

当我用热情的规劝
从迷误的黑暗中
救出一个堕落的灵魂,
你满怀这深沉的痛苦,
痛心疾首地咒骂
那控制了你的秽行;
当你用回忆来惩戒
自己那健忘的良心,
你把遇到我以前的
一切事都讲给我听;
突然,你双手掩面,
满是羞愧和惊骇
激动着也愤恨着,
原来你已泪流满面……
等等,等等,等等。

——摘自尼·阿·涅克拉索夫的诗[①]

① 本诗翻译参考了魏荒弩译本,略有修改。本诗中的"你"所接的动词皆为阴性,说明"你"代指对象为女人。该诗表达了诗人对当时社会底层的代表——妓女的同情。

# 第一章

那个时候我才不过二十四岁。我的生活在那时就已经是阴森压抑、乱成一团，同时一个人孤零零到了退化成野人一般的程度。我不和任何人交朋友，甚至逃避同人讲话，越来越深地钻到我的角落里去。上班的时候，在办公室里，我甚至努力不去看任何人，我也非常清楚地注意到，我的同事们不仅把我视为一个怪人，而且——所有人都对我这样——好像带着某种极度的厌恶看我。我脑子里出现了一个念头：为什么除了我以外，没有人感觉别人带着极度厌恶的眼光看自己呢？我们办公室里有个人长了张极为招人讨厌、全是麻子的脸，简直就像个强盗似的。我觉得，一个人长着这么张不体面的脸，是不敢看任何人的。还有个人，文官服已经破到一靠近他就能闻到怪味儿。然而这两位先生——不管是因为衣服，还是因为长相，就连心理上也完全没有一丁点儿觉得不好意思。不管是前一位还是后一位都不会想象，有人带着极度的厌恶看向他们，就算有时候会想到，他们也无所谓，只要不是上级这么看过来就行。现在我完全明白了，是我自己，因为我自己那漫无边际的虚荣和由这虚荣导致的对自己的过分苛刻，看待自己的时候几乎总是带着极度的不满，不满到了极度厌恶的程度，而正因如此，我刻意地把我自己的看法强加给每一个人。比如，我讨厌自己的脸，我发现它长得丑恶，甚至怀疑在脸上有某种下流的神情，因此，每一次我出现在岗位上的时候，为了不让别人怀疑我干下了什么下作勾当，我就尽可能地让自己表现得更道貌岸然一些，脸上也尽可能地做出更高尚的样子。"就算我的脸不好看，"我想，"那么就让它显得高尚、生动，最主要的是要让它显得非常睿智。"不过，我大概也痛苦地知道，我从来没用脸表达出来过这些东西。然而比这一切都糟糕的是，我发现我的脸完全是一副蠢相。可我本来是对我的智力非常满意的。甚至可以这样说，我可以允许脸上的神态看起来很下流，只要与此同时能让别人认为我的脸显得聪明极了就行。

我们办公室里的所有同事，我全都恨，这不用说，有一个算一个，我也鄙视他们所有人，可和他们在一块的时候我又好像在害怕一样。有时候我甚至会突然把他们凌驾于自己之上。我有时候就是会突然不由自主地这样做：一边鄙视他们，一边把他们凌驾于自己之上。要不是有着对自己无限严格的要求，一个有教养的正派人是不会虚荣的，也不会有时候鄙视自己鄙视到了憎恶的程度。但是，鄙视也好，把别人凌驾于自己之上也好，我几乎在遇到的每一个人面前都会低眉顺眼。我甚至做过实验：看我能不能受住别人看向我的目光，结果我总是先垂下眼睛。这把我折磨得发狂。我怕显得可笑也怕到了病态的程度，因此在所有涉及外在的事情上我都像奴隶一样酷爱墨守成规；心甘情愿地循规蹈矩，而且打心底里害怕在自己身上有什么怪异行径。可是我哪里能坚持得住？我变得病态地有教养，就像我们这个时代的有教养的人应该表现的那样。可是他们全都很蠢，而且就像羊群里的羊一样彼此相像。也许，我的所有同事中只有我一个人时不时地觉得我是个懦夫和奴才，正因如此，我也觉得我是个有教养的人。事实上不只是我觉得如此，而且是真的如此：我就是个懦夫和奴才。我这么说没有任何不好意思。我们这个时代每个正派的人都是也应当是懦夫和奴才。这是这个时代正常的状态。对此我深信不疑。正派人就是这样形成的，也因此才叫正派。而且不只是在现在的这个时代，从某些特殊的境况来考虑，在所有的时代里正派人都应该是懦夫和奴才。这是世界上所有正派人天性的法则。如果他们中有谁恰好突然逞强起来干了什么，这也不能让他们以此自慰和陶醉：不过是在别人眼前发狂罢了。这是唯一的也是永远的结果。只有驴和驴的杂种才总是逞强，但是连他们也会遇到那堵众所周知的墙。对他们是不值得关注的，因为他们毕竟什么也代表不了。

而现在还有一种境况在折磨着我：那就是任何人跟我都不相像，我也不像任何人。"我是独个儿，而他们是所有人。"我想道,并且冥思苦想起来。

由此可见,我还完全是个毛头小子。

也有过完全相反的情况。可是哪怕去办公室也已经成了一件厌恶的事:甚至到了我好几次下班回来就病了的程度。但是突然无缘无故地一阵儿怀疑主义和麻木不仁的情绪就开始了(什么东西到了我这里都是一阵一阵的),就连我自己都嘲笑我的偏执和吹毛求疵,自己指责自己的胡思乱想。有时候不想和任何人说话,而有时候又突然不仅想和人交谈,甚至突然想和人像好朋友一样聚聚。突然所有的吹毛求疵就莫名其妙地消失不见了。谁知道呢,或许我从不吹毛求疵,而只是照着书本里装成这样的呢?到现在为止,我还是没解决这个问题。有一次我甚至和同事们交起了朋友,去他们家里拜访,一起打普列菲斯牌、喝伏特加、谈论单位……不过说到这儿,请允许我稍微说点离题的话。

在我们俄罗斯人身上,总体来说,永远都不会像愚蠢的德意志人那样,更不会像法式浪漫主义者那样,哪怕他们脚下天崩地裂了,哪怕整个法兰西要被葬送于壁垒之上了——他们仍不为所动,甚至因为要顾全体面而不肯做一丁点改变,照旧唱着他们超凡脱俗的歌曲,就这么说吧,他们至死也不改,因为他们都是蠢货。而在我们的,在俄罗斯的大地上,显而易见,不存在傻瓜,这是我们和德意志的本质区别。显然,超凡脱俗的品格不会完完全全纯粹地出现在我们身上。所有我们过去那些"有作为的"政论家们和批评家们，他们曾搜寻康斯坦若格罗们还有彼得·伊万诺维奇叔叔们[1]，并且糊里糊涂地就把他们当做我们的理想，他们在我们的浪漫主义者身上不停地臆想，认为这些浪漫主义者就是像在德国或者法国那样的超凡脱俗的人。相反，我们的浪漫主义者的特质，完完全全直接与欧洲式的超凡脱俗相违背，而且没有哪个欧式的小面具能戴到我们的脸上（还请允许我使用这个词："浪漫主义者"——古老的、可敬的、应当为人熟知的小词儿）。我们的浪漫主义者的特性——什么都懂、什么都能看透，并且经常看待事物比我们最睿智的智者还清楚得多；跟任何人任何事都不妥协，不过这没什么好值得厌恶的；避开所有东西、让着所有人、跟所有人都有策略地行事；从不会丧失有益的、具体的目标（这里指的是公共住房、国家津贴和奖章），通过各种热情来关注这个目标，与此同时再用一卷卷抒情诗集将"美好与崇高"至死不渝地珍藏在自己心里，当然自己也顺带着被像珍藏某些宝贝那样保护得无微不至了，饶是如此，比如说，这还是为了"美好与崇高"的利益。我们的浪漫主义者是慷慨之人，却也是骗子里面一等一的骗子，这一点我向你们保证……甚至可以从经验的角度就能判断。当然了，这一切，取决于浪漫主义者是否聪明。可是我在胡说什么啊！浪漫主义者当然永远都聪

---

[1] "模范东家"地主康斯坦若格罗是果戈理的小说《死农奴》第二部中的人物。彼得·伊万诺维奇·阿杜耶夫出自冈察洛夫的小说《平凡的故事》（1847），他堪称健全思想和实干精神的代表。——俄文版编者注

明，我只是想指出，也常有蠢货浪漫主义者，但是先不考虑这个，浪漫主义者在壮年时就会彻底变成德意志人，好更方便保护自己的宝贝，还要在那里定居下来，大部分是住在魏玛或者黑森林，就从这一点来看他们就是骗子。比如说我吧，我发自肺腑地鄙视我的职务工作，只是由于不得不如此才忍住没唾弃它，毕竟我还坐在这个位子上赚这份钱。但是请你们注意结果，结果是我没有唾弃它。我们的浪漫主义者宁愿发疯（不过，这非常少见），但是他们从不唾弃，如果他们没别的事业可以指望，那他就会赖在原地——就算他真的疯得很厉害，无非是把他们当做"西班牙国王"①给送到疯人院里去。毕竟只有那些窝囊废和没出息的才会发疯。数不胜数的浪漫主义者后来都功成名就了。多不寻常的八面玲珑呀！又是多么了不起的前倨后恭的本事啊！我立刻就被这些想法抚慰了，现在依然以此自慰。不知怎么我们有如此多的"胸怀宽广"之人，以至于在最堕落的境地下他们也不放弃理想，可为了所谓的理想却连动动手指都不肯，哪怕最坏的强盗和小偷，也总是眼泪汪汪地尊重自己最初的梦想和内心里非比寻常的纯粹。可不是吗，只有我们中的最坏的坏蛋才能完完全全，甚至高尚地保持内心的纯粹，同时又彻头彻尾地当着混蛋。我再说一遍，在我们这些浪漫主义者里

---

① 果戈理的中篇小说《狂人日记》中的主人公波普里欣在发疯后以为自己是西班牙国王。——俄文版编者注

总是能出现一些有用的大骗子（"大骗子"这个词我是带着爱意来用的），这种鉴别实用性的嗅觉和对好处的了解是突然表现出来的，因此大吃一惊的上司和公众只能目瞪口呆地冲他们咂着舌头。

八面玲珑着实令人惊讶，它会变成什么东西又会在接下来的状况里被培养成什么样子，以及它对我们的未来又会带来什么影响？只有上帝知道。它可真是个好玩意！我可以这么说，这可不是从什么人的可笑或者庸俗的爱国主义里诞生出来的东西。不过，我想你们又在觉得我是在开玩笑吧。谁知道呢，也可能正相反，也就是说你们认定，我实际上就是这么想的。先生们，无论如何，你们的两种想法我都深以为荣并且荣幸之至。请原谅，我又扯远了。

我大概无法保持和我的同事们之间的友谊，并且很快就和他们分道扬镳了，而且因为那时的年少无知，甚至都没给他们鞠躬就立刻彻底决裂了。不过这种情况一共也就会出现一次。毕竟我永远都是独一个儿。

我在家的时候，首先总是读书。希冀能用外部的感觉减轻不停向我身体内部越积越多的东西。而在我身上可能产生外部感觉的只有阅读。阅读，当然非常有效——使我激动、令我愉悦也会让我痛苦。但是时不时也会让我非常厌烦。毕竟难免会想活动活动，于是我就坠入了黑暗的、堕落的、下流的境地——不是好色而已，而是淫荡。因为我时常病态地易怒，我身上的情欲也就强烈而炽热。流着眼泪、抽搐着发癔症是常有的事。除了读书，我哪也不去——就是说，在我周围没什么可让我尊重的，也没什么吸引我的。再者，忧愁不停地翻滚；发癔症似的开始渴望自相矛盾和对立，就这么着我就开始荒淫无度起来。我可完全不是为了给自己开脱现在才讲这么多话……不过，不！我在撒谎！我就是想给自己开脱。先生们，这句是我写给自己的注解。我不想说谎。我保证过。

我总是独自一人在夜里去寻花问柳，隐秘地、胆怯地、肮脏地去干，心怀羞愧，这种羞愧在最淫秽的时候也不曾离开，这种羞愧甚至在那时候成了一种诅咒。早在那时我就把地下室带到我的灵魂里去了。万一别人不知怎么看到了我，跟我迎头遇上，认出了我，都让我感到无比害怕。所以我是在各种完全漆黑的地方走。

有一次，我在夜里路过了一个小酒馆，我看向了亮着的窗户，里面的先生们在台球桌旁正用球杆打架，他们中的一个刚好被从窗户里扔了出来。别的时候我会感到厌恶；但是在那一刻，我突然嫉妒起这位被扔出来的先生，甚至嫉妒到了走进了小酒馆，走到了台球桌跟前，心想："也许，大概，我也能打一架，他们也会把我从窗户里扔出去。"

我没喝醉，但是你们说我还能干什么呀——忧愁能把人折磨到这样发癔症！但是什么也没发生。最后，我没能跳过那个窗户，也没打架就走了。

我刚迈了一步一个军官就拉住我了。

我站在台球桌旁边，并且由于没注意挡住了军官本来要走的路；他抓着我的肩膀不说话——既没打招呼也没做出解释——就把我从我站在了刚站的位置上挪到了另一个位置，然后走了过去，好像没看到我一样。我能原谅被殴打，但是我无论如何不能原谅他给我换了位置却无动于衷。

见鬼的是，当时我本想朝他骂几句义正辞严的话，骂得体体面面，或者说骂得文雅！人们对待我就像对待苍蝇。这个军官身高足有十俄寸①，而我是个矮小瘦弱的人。不过这场争斗尽在我的掌握：只要我稍稍还嘴，然后当然就会被从窗户里扔了出去。不过我改变了主意，我深思熟虑之后，宁愿……愤恨地偷偷溜走。

我从小酒馆里走出来，又焦虑又窘迫，直接就回家了，第二天，我继续着我的放荡淫行，但是比之前更小心翼翼、更胆战心惊，也更满心忧愁，愁得好像眼眶中含着眼泪——可还是持续干着。不过，你们可别觉得我是由于胆怯才惧怕这个军官；我内心里从来不会胆怯，尽管我的身体总是表现出胆怯，不过——你们请先别笑，对此我可以解释，对这一切我都可以解释，请相信我。

唉，要是这个军官是那种会同意决斗的人就好了！不过不是的，他恰好是那种先生（哎！这种先生早就消失了），

---

① 根据 19 世纪的传统，说到身高时一般默认高于 2 俄尺，只说俄寸数，所以这名军官大概高 186 厘米。——俄文版编者注
后文中提到身高 10 俄寸均默认省略了 2 俄尺。

他们宁愿继续打台球或者像果戈理笔下的彼罗戈夫中尉——去向长官告状①。决斗他是绝不会参与的，他认为不管是和部队里的弟兄还是和"绣花枕头"②，决斗在任何情况下都有失体面——当然他也觉得决斗是没脑子、是自由主义、是法兰西主义，可他自己又乐于欺负别人，尤其是他的身高有十俄寸的时候。

我退缩并不是因为胆怯，而是由于漫无边际的虚荣。十俄寸的身高，或者被人痛打一顿然后从窗户里扔出去都吓不到我；肉体上的勇气，说真的，我是不缺的，但是我缺少道德上的勇气。我是怕所有在场的人，从无耻的台球记分员到最后面的浑身发臭、满脸粉刺的小官僚，对，就是奴颜婢膝、领子上全是油污的那个——当我将要抗议并开始跟他们讲富有文采的话时，他们不能理解并且嘲笑我。因为关于荣誉的关键之处，也就是说不是关于荣誉本身，而是关于荣誉的关键之处（point d'honneur③），除了用文雅的语言，迄今为止我还无法用别的语言来讲述。用普通的语言根本无法提出"荣誉的关键之处"。我完全相信（总要现实一点，尽管我是个彻头彻尾的浪漫主义者！）他们所有人都会笑破肚

---

① 彼罗戈夫中尉是果戈理的中篇小说《涅瓦大街》(1835) 中的人物，他因调戏妇女而被受辱的丈夫——一个德意志工匠打了一顿。遭此大辱后，他因社会地位高于对方不愿决斗，而是一心想向将军告状，同时打算"向师部提出书面申请"。——俄文版编者注
② 德语单词 stafieren 的俄语拼音，原词意为装饰，指衣服里子或者裙子、衬衫的衬里，在这里是对那些低级文职人员的蔑称。——俄文版编者注
③ 法语：荣誉的关键之处。

皮，而那个军官不会简单地，也就是说不会不痛不痒地打我一顿，而一定是用膝盖狠狠地撞我，用这样的方式撞得我在台球桌旁连滚带爬，然后再大发慈悲把我从窗户里扔出去。大概，这个微不足道的事件对我来说是不会就此善罢甘休的。后来我经常在马路上遇到这名军官，并且牢牢地记住了他。只是我不知道他认出我来没有。根据种种原因推定，他应该是没有认出我。不过，我啊，我就这样带着恶意和厌恶看着他，就这么持续了……好几年了！我的憎恨甚至在经年地累积和增长。一开始，我试着偷偷打听那位军官。但是对我来说这太困难了，因为我谁也不认识。不过偶然有一天，我在街上听到有人喊了他的姓，那时候我正远远地在他后面走着，确切地说是尾随着他，就这么着我知道了他的姓氏。还有一次，我跟着他一直到他住的公寓，然后花了十戈比从门卫那里知道了他住在几层、是独居还是和什么人一起住等等——总之，我搞到了能从门卫那里搞到的所有信息。有一天清晨，尽管我从来都不进行文学创作，但是我突然有个念头，打算用切露①、讽刺漫画和小说的形式来描绘一下这个军官。这部小说我写得无比畅快。我在告密，甚至是带有污蔑；一开始我杜撰了一个能立刻让人认出来的姓氏，不过后来，经过严密的逻辑考量，我换了个姓氏并且把小说寄给了

---

① 这里作者故意写错了"揭露"这个单词的首字母，是为了使其具有讽刺意味。——俄文版编者注

《祖国纪事》①。不过那时已经不流行告密信了,而且我的小说也没有被刊登。对此我感到特别的遗憾。有时候我的憎恨几乎要使我窒息了。最后我决定向我的仇人提出决斗请求。我给他写了一封言辞优美的、极富感染力的信,恳求他在我面前道歉;同时相当强硬地暗示如果拒绝道歉我将请求决斗。信就这么写好了,如果这个军官稍稍懂一点"美好与崇高",那么他就应该立刻跑到我这来紧紧搂住我的脖子,献上自己的友谊。如果这样的话岂不是万事大吉!我们就可以重新各自生活!各自生活!他将威风凛凛地保护我;我则用自己的修养和……和思想来教化他,还有许许多多可能出现的好处!请你们想想看,这时离我被欺辱已经过去两年了,我的挑战书已经是最不成体统的旧时代遗毒,何况我这封信里还用各种油滑来解释和掩盖这个遗毒。不过,谢天谢地(至今我仍满含热泪地谢天谢地),我没有寄出这封信。当我明白要是我把信寄出去会发生什么,我简直汗毛倒竖。突然……突然我想到了最简单的、最聪明绝顶的复仇方式。我突然被一个神来之笔的念头给攫住了。过节的时候,我会在四点钟的时候拐到涅瓦大街上,朝着太阳的方向闲逛。其实我完全不是在闲逛,而是在感受无尽的折磨、屈辱和怒气翻涌,不过这样却是我需要的,真的。我像条泥鳅一样,丑

---

① 当时俄国最大的综合性刊物之一,刊登内容常对现实持批判态度。陀思妥耶夫斯基年轻时也在这一刊物中发表作品。

态百出地在行人中东窜西窜，不停地给那些将军们、那些禁卫军和骠骑兵军官、那些小姐太太们让路；在那几分钟里，当我露出我的破衣烂衫和七扭八歪、寒酸可怜的身形，我就能感到心里阵阵抽搐地痛、感到背上在灼烧。这是种殉难式的痛苦，是一种没完没了的、让人无法忍受的屈辱，这种屈辱是源于一种想法，它让我不停地直接感受到我在这些光辉人物面前就是下流龌龊的苍蝇，这只苍蝇比所有人都聪明、比所有人都有教养、比所有人都高贵——这早就不言而喻了——但是却要给所有人让路、被所有人欺压、被所有人羞辱。为什么我要在自己身上累积这种痛苦，为什么我要走在涅瓦大街上？——我不知道，但是只要有可能我就会被引到那儿去。

这时我已经开始感受到我在前一部分里提到过的那些愉悦带来的快感了。在发生了和那名军官的事件之后，我就被更强烈地吸引到那里去：在涅瓦大街上我最常遇见他，同时也能观赏他。他也经常来这里过节。他也要给那些将军和达官显贵们让路，也像泥鳅一样在他们中间左摇右摆，但是遇到像我们这般的弟兄，甚至是比我们这般的弟兄更纯粹的人，他就直接挤过去；在我们之间走过去的时候，在他面前就好像空洞无物一样，不管什么情况他也不会让路。我看着他的时候就沉醉于我的仇恨中，而且……每一次都怒气冲冲地给他让路。甚至到了街上，不管怎样我还是不能和他平起平坐，这让我备受折磨。"为什么你每次都先给他让路呢？"

有时候半夜三点多我突然惊醒，疯了似的发癔症，不停地这样问自己："为什么偏偏是你，而不是他？这又不是什么法律，毕竟哪也没写明要这样啊？哪怕是各让一半呢，就像平常常见的那样，两个客气的人相遇了：他让开一半路，而你也让开一半路，你们才好彼此尊重地各自走过去。"但是从来不是这样，永远都是我闪开，而他甚至都没注意到，我是在给他让路。突然一个无比奇怪的想法把我攫住了。"要是，"我想到，"要是我和他迎面相遇，而且……我不让路，故意不让路，哪怕直冲冲地跟他撞个满怀：这又会是什么结果呢？"这个大胆的想法渐渐地控制了我，让我不得安宁。我不停地、一发不可收地想象这件事，而且为了能想清楚我怎么样、什么时候做这件事，我就更频繁地去涅瓦大街了。我欣喜若狂。我越来越觉得这个意图是会发生的，也是可能成功的。"当然，并不是完全撞在一起，"我想，居然已经由于高兴而提前发起善心了，"就这么办，仅仅就是不给他让路，稍微碰他一下，不会撞得很痛，就是肩膀蹭了下肩膀，怎么样能体体面面的，就怎么办；也就是说他怎么撞我的，我就怎么撞他。"最终我就这样完全下定决心了。不过准备工作还是花了很长时间。首先，完成此事时我必须穿得更加得体，也要考虑到衣着打扮。"以防万一，比如说，如果发展成了公共事件（而所谓的公众是指那些高洁雅士①：伯爵

---

① 此处为法语单词 superflu 的俄文拼写，该词原意为：多余的、无用的，这里引（转下页）

夫人、Д公爵、文人骚客，万一他们路过），必须穿得体面，在上流社会看来，这就有所暗示，也在某种程度上直接把我和他放在平起平坐的地位上。"为此我预支了薪水，然后在丘尔金商店买了一副黑手套和一顶极为体面的帽子。比起我最初想买的柠檬色手套，黑色手套使我显得更加庄重也更有品位①。"颜色太显眼了，就像是故意要出风头的人似的。"所以我没买柠檬色的手套。衬衫非常讲究，配有白色的骨制盘扣，我老早就准备好了，不过被大衣外套耽搁了好久。我得说我的大衣外套质量很不错，也很暖和，不过它是用棉花做的，领子是浣熊皮的，这样配在一起就像是高级侍从。怎么也该把领子换成海狸绒的，就像军官们的大衣上带的那种。为此我在中央商场②里找了又找，几经挑选之后，我相中了一块廉价的德国海狸绒。尽管这种德国海狸绒很快就会破，而且品相撑不了多久，不过刚换上去的时候看起来还是挺不错的。我问了价格：还是太贵了。深思熟虑之后我决定把我的浣熊皮领子卖掉。

相差的钱数对我来说是一个非常庞大的数字，我打定主意向安东·安东内奇·谢托奇金告贷，他是我的领导，为人温顺，但是一丝不苟、体面正派，所以从不会把钱借给任何

---

（接上页）申为附庸风雅，果戈理的《死农奴》中诺兹特列夫也曾将这个词用作这样的意思。——俄文版编者注
① 原文为法语词组 bon ton 的俄文拼写，并变为了比较级形式，该词意为：有风度、有气派。——俄文版编者注
② 彼得堡一个历史悠久的大市场。

地下室手记 | 075

人，不过，在我在他手下任职的时候，那位帮我安排工作的要人曾经专门向他引荐过我。我被折磨得够呛。向安东·安东内奇借钱让我感到荒唐可耻。我甚至两三天都没睡觉，尽管我那段时间在生热病，本来睡得就少；我的心脏好像在朦朦胧胧中就不跳了，或者突然开始猛地打颤，打颤，打颤！……安东·安东内奇一开始很惊诧，然后皱起了眉头，接着沉思了一会，在拿到我写明两周之后他有权从薪俸中获得我所借的相应钱款的借据后，他终于还是把钱借给我了。这样一切终于就绪了，漂亮海狸绒换掉了不入流的浣熊皮，我也开始有条不紊地行动。不能一上来无缘无故地就实施计划，这件事要做得巧妙，要循序渐进。但是老实说，经过了各种各样的尝试之后，我甚至开始绝望了：我怎么也没法和他撞个满怀——就是办不成！我已经精心准备了也好，没做打算也好——每次眼看着我就要和他撞在一起了，我看了一眼——然后又把路让开了，而他也就顺势走过，看也没看我一眼。我甚至在走近他的时候默默祈祷上帝帮我坚定信念。有一次我完完全全下定了决心，可是结果呢，是我扑倒在他脚边，因为在最后一瞬间，在最后两俄寸远的地方，我泄气了。他满不在乎地从我身边路过，而我，像个小孩似的扑倒在旁边。那天晚上，我又开始生热病和说胡话。可是突然这一切都无比圆满地解决了。在我决定不再尝试我这个害人不浅的企图、对这一切撒手不管的前一天夜里，我带着一个目的再一次走上涅瓦大街，只是为了看看，我该怎么对这一切放手呢？突然，在离我的敌人三步远的地方，我毫无征兆地下了决心，眯起了眼睛——我和他肩碰肩结结实实地撞在了一起！我毫不避让并且以完完全全对等的姿态走了过去！他甚至没有张望一下，而是故作姿态，假装没当回事，不过我坚信，他这是故作姿态。我至今对此仍深信不疑！当然，我吃的亏多些，他比我强壮些，不过这不重要。关键在于我达到了目的，我捍卫了尊严，没有向他退让一步，公开地把自己跟他放在了同样的社会地位上。我回到家，感觉一切仇恨都报复完了。于是我陷入狂喜之中。我自鸣得意地唱起了意大利小调。自然，三天之后发生在我身上的事，我是不会向你们描述的，如果你们读了我写的第一部《地下室》，那么自己也可以猜到了。这个军官之后就去了别的地方，到现在我有十四年没见过他了。我的这位老兄，现在过得如何呢？他又在欺压谁呢？

## 第二章

不过,买春的光景一结束,我就变得无比愁闷。悔恨纷至沓来,我又把悔恨撵走:悔恨太让人恶心反胃了。我一点一点地,不管怎么说,对此习惯了。我对一切都习以为常,或者也不是什么习以为常,而是我心满意足地愿意逆来顺受。不过我还有一条能使一切都和和睦睦的出路,那就是——遁入"所有美好与崇高"之中,当然了,是在幻想中遁入。我癫狂地幻想,我被钉在自己的小角落里一连三个月不停地幻想,请你们相信,在这些幻想的时刻,我与那位在慌慌张张、心惊胆战中给自己的外套大衣缝上海狸绒领子的先生判若两人了。我突然把自己当成英雄了。我的那位身高十俄寸的上尉来上门拜访,我甚至都不让他进门。这时我甚至已经记不清他了。我的幻想到底是什么,为什么我对它如此心满意足——对此现在我很难马上说清楚,但是我那时候就是对此心满意足。其实,哪怕是现在我或多或少还是对这种幻想心满意足。幻想在买春之后来得尤为甜蜜和强烈,伴随而来的还有悔恨和泪水、咒骂和狂喜。常常出现如此真真正正的陶醉、如此幸福的时刻,在我内心里甚至连一丁点儿嘲讽都感受不到,上帝保佑。有信、有望、有爱。[1] 也就是说,那时我盲目地认为,有某种奇迹、某种外在的环境把这一切都拉长了、拓宽了;突然我要干的事业前景变得有益而美好,最主要的是完全现成的(怎会如此——我不知道,但是重要的是完全现成的),就像是我突然降临人世,几乎是骑着白马、戴着桂冠。我甚至不能理解会有二流角色,正因如此在现实生活中我安然地干着最卑劣的事。要么是英雄好汉,要么烂泥一堆,中间地带是不存在的。这个想法把我给毁了,因为我总是身处烂泥之中却泰然自若,想着总有一天我将成为英雄,而英雄则会掩盖身上的烂泥:据说,平凡人会耻于沾染泥垢,而英雄高大到无法被泥垢完全污染,所以,沾染些许泥垢也无妨。绝妙的是,这些"所有美好与崇高的"高潮正是在我买春之时出现在我脑子里的,正是在那些我已经落到最底层时以零星闪光的方式出现,好像是在凸显自己,而非是要用自己的出现来消灭买春勾当,正相反,它们的出现像是用反差来使之有滋有味,而且出现得恰到好处,就像调制美味的酱汁时投入刚好的佐料。这所谓的酱汁是由矛盾和苦难、由痛苦的心理分析制成的,而所有这些痛苦和受苦的人都给我的买春勾当增加了些许魅力,甚至是增

---

[1] 出自《圣经·新约·哥林多前书》第13章第13节。

添了思想,总之,它们起到了美味的调味汁该起的所有作用。所有这一切甚至可以说不无深意。再者说,若非如此,我难道能同意干下这种普通的、庸俗的、不入流的、小卒庸吏之流才干的伤风败俗之事并且把这一切烂泥背在自己身上!当时到底是其中的什么东西蒙蔽了我,把我在夜里骗到大街上的?不,我自有高尚的妙计从一切中脱身……

不过,有多少爱啊,我的上帝,我感受到了多少的爱呀,在我那些幻想里,在那些"通入所有美好与崇高"的幻想中经常如此:哪怕是幻想出来的爱,哪怕这种爱不会施与任何一个人,但是当时这种爱是如此的充沛,甚至已经感受不到有任何将它付诸实践的需求——这种爱甚至已经成为过分的奢侈品了。不过,这一切总归最终会圆满地以散漫而迷人的方式变成艺术而告终,也就是说变为完美的存在形式,这种形式是完全现成的,是硬从诗人和浪漫主义者那里剽窃来的,是适用于各种各样的公共事业和各种需求的。比如说我吧,我将战胜所有人,那时所有人理所当然都会心悦诚服地承认我的所有优点,而我也就宽恕了所有人。我成了著名诗人和高级宫廷侍从,同时坠入了爱河,我收获不可估量的财富,而那时我将把它们献给全人类①,同时在全体人民面前忏悔我的罪过,我得说这些已经不是简单的罪过了,而是

---

① "地下室"主人的这种幻想后来发展为小说《少年》(1875)中的"罗斯柴尔德"思想,这种思想同样是希望在积攒了大量的财富和享受了巨大权力之后,把自己的财富分给人们。(参见《少年》第1卷第5章第3节)——俄文版编者注

包括了非常多的某种曼弗雷德式①的"美好与崇高"。所有人都在哭泣并亲吻我（要不怎么会叫他们蠢货呢），而我赤足而行、饿着肚子宣扬新的思想并且在奥斯特利茨粉碎了保守势力。② 然后队列游行、宣布大赦、教皇同意从罗马迁往巴西③，再然后给全部意大利人在科莫湖畔的博尔盖塞别墅开一场舞会④，这样科莫湖就会为此而特意被搬到罗马，接着在灌木丛里搭上舞台，等等，等等——你们难道不熟悉吗？你们会说，在我亲口承认了那么多的享受和眼泪之后，再把这些东西拿到市场上兜售既下流又卑鄙。有什么卑鄙的？难不成你们认为，我会为了这一切而羞愧，难不成你们认为这一切比你们这些先生们的生活中的随便什么东西更愚蠢？除此之外请你们相信，我还想出来了一些蛮不赖的东西……毕竟又不是所有的事都发生在科莫湖上。不过你们说的对，这

---

① 这里指的是高傲的、崇高的意思。曼弗雷德是拜伦同名的戏剧体长诗的主人公，在这首诗中可以找到"世界之痛"的哲学反思。——俄文版编者注
② 这里和后面的内容里，主人公扮演了拿破仑一世的角色。这里指的是1805年12月2日（俄历11月20日）拿破仑一世大破俄-奥联军。研究者发现，主人公的幻想与法国哲学家卡贝的空想社会主义小说《伊加利亚旅行记》(1840)的一些情节相似。在卡贝笔下的乌托邦中，慈善家-改革家也在奥斯特利茨战役中击溃保皇派-保守派联盟。（参见卡马洛维奇《陀思妥耶夫斯基的青年时代》）——俄文版编者注
③ 拿破仑一世与教皇庇护七世发生冲突，结果1809年拿破仑一世被革除教籍，而庇护七世则实际上在长达五年的时间内被囚禁在法兰西帝国，直到拿破仑退位才被释放。——俄文版编者注
④ 显然这里是指1806年法兰西帝国建立的庆典，该庆典定于8月15日——拿破仑一世的生日这一天。博尔盖塞别墅位于罗马，建成于17世纪上半叶，当时属于卡米洛·博尔盖塞，装饰有精美的建筑构件、喷泉和雕塑，而拿破仑一世的妹妹波丽娜嫁给了卡米洛·博尔盖塞。科莫湖坐落于意大利境内的阿尔卑斯山脚下。——俄文版编者注

确实下流又卑鄙。而比这一切都更下流的是，我现在还开始在你们面前辩驳。再下流一些的是，我现在把这种观点发表出来了。不过，够了，不然你们永远没个完：总会有一个接一个的更下流的……

三个月之后，我无论如何都没法继续那种连续的幻想，而是开始无法抑制地渴望冲进社会。冲进社会对我来说意味着到我的上司——安东·安东内奇·谢托奇金家做客。在我的一生中他是唯一跟我保持交往的熟人了，而现在我自己对这样的情况也感到惊讶。但就算是去找他，我也只在这般光景的时候才去：只有当我幻想到了极度幸福，必须要立刻跟人拥抱、跟全人类拥抱的时候，为了跟人拥抱，就需要一个就在面前的、真实存在的人。去找安东·安东内奇首先需要在星期二（他定的日子），所以与全人类拥抱的需求就必须总是在星期二才能得到满足。这个安东·安东内奇住在五角①的四楼，有四间房，房间低矮，一间比一间小，全是最实惠、最寒酸的样子。他有两个女儿，还有一个女儿们的阿姨负责斟茶倒水。两个女儿一个十三岁，另一个十四岁，全长着小巧的翘鼻子，我在她们面前总是窘迫得不行，因为她俩总是窃窃私语还咯咯地笑个不停。一家之主通常待在办公室里，和一位头发灰白的客人一起坐在桌子前的沙发上，通

---

① 彼得堡的一处地方，城郊大街、车尔尼雪夫巷（现在的莱蒙诺索夫路）、分界路和特罗茨卡路（后改称鲁宾斯坦路）交会于此。——俄文版编者注

常客人都是我们办公室的职员,有时候甚至也有其他部门的职员。我从没看到他家里招待超过两三位的客人,而且来来回回也就是那几个人。他们滔滔不绝地谈论消费税①、枢密院里的内幕交易、薪资、仕途、上司阁下、讨好上司的办法,诸如此类。我耐心地陪这些傻瓜枯坐将近四个小时,自己不敢,也不会插嘴去聊他们说的任何事。在好几次满头大汗之后,我麻木了,就像是瘫痪了一样,不过这挺好的,也有好处。回家的时候,我没花多少时间就丢开拥抱全人类的愿望了。

我想我应该还有一个所谓的熟人——西蒙诺夫,我的中学同学。在彼得堡,唔,我有许多同学,但是我跟他们从没来往过,甚至在马路上碰见了也不打招呼。大概我转去别的部门就是为了能不跟他们待在一起,我要坚决地斩断所有和我可恶的童年有关的东西。我要诅咒这所高中,诅咒那段可怕的、奴隶般的岁月!总之,我和这些同学们彻底分道扬镳了,对我来说这就像重获自由一样。不过还有两三个人,我跟他们偶然碰到还是会点头致意的。其中之一就是西蒙诺夫,上学的时候他稳重而安静,在我们中间并不出众,但是我却在他身上发现他性格里有某种独立自主,甚至可以说诚实正直。我甚至认为他是个不可限量的人。我和他一块度过了一段明媚的时光,但是好景不长,突然不知怎么就蒙上了

---

① 国家施加在大宗需求商品上的税,这里显然指的是酒的税。——俄文版编者注

地下室手记 | 083

一层浓雾。他显然深受这些回忆之苦，也害怕我又旧事重提。我怀疑他非常厌恶我，但还是不时去找他，大概是我不十分确信自己的想法。

有那么一天，是星期四，孤独感让我无法承受了，也知道周四的时候安东·安东内奇家的大门是关着的，于是我想到了西蒙诺夫。在走到四楼的时候，我突然想到，这位老兄厌恶我，我去了也是白去。不过这样的想法就像故意似的，总是把我置于更加进退两难的境地，所以我还是去找他了。从我上次见到西蒙诺夫算起，已经差不多一年了。

# 第三章

我去的时候刚好碰到另外两个中学同学也在。他们正侃侃而谈,看样子是在谈一件重要的事。他们所有人对我的到来都几乎没有表示出任何在意,这太奇怪了,因为我都已经好几年没跟他们见过面了。显然,我被当成像是寻常可见的苍蝇了。我甚至在上学的时候也没被这样蔑视过,尽管这些人都讨厌我。当然,我理解,他们现在应该蔑视我,因为我的仕途不顺利,因为我太落魄了,穿着破旧的大衣,等等,我也理解,在他们眼里我无能和微不足道。不过我怎么也没想到会是这种程度的蔑视。甚至连西蒙诺夫也对我的到来表示惊讶。好像他以前一直都对我的到来表示惊讶。这一切都让我很窘迫,我多少有些郁闷地坐下来开始听他们在谈论什么。

话题严肃而激烈,是关于饯行宴的,这些先生打算明天一块儿组织一个饭局为他们即将远赴外省的同事——现役军官兹韦尔科夫饯行。上学的时候,兹韦尔科夫先生自始至终都是我的同学。从高年级开始我就特别厌恶他。在低年级的时候，他不过是个俊俏而好动的小男孩，人见人爱。大概在低年级的时候我厌恶他，原因也恰恰是因为他是个俊俏而好动的小男孩。他成绩一直很差，从无长进，而且年级越高，成绩就越差，不过他还是成功地从中学毕业了，因为他有后台。在我们读书的最后一年，他获得了一笔遗产——两百个农奴，由于我们几乎全都是穷光蛋，所以他就开始在我们面前炫耀起来。他实在是个粗俗不堪的小人，不过还算善良可爱，哪怕在他炫耀的时候也是如此。尽管我们有着表现得肤浅、不切实际、言过其实的尊严和高傲，但是所有人，除了极个别的人之外，在兹韦尔科夫面前总是阿谀奉承，因此他就更加洋洋得意了。我们奉承他并不是为了获得什么好处，这样只是因为他是个得到上天垂青的人。而且不知为何我们都把兹韦尔科夫当成投机取巧和附庸风雅的行家里手。后面这种想法简直让我气急败坏。我厌恶他嗓子里发出的那种尖细且不容怀疑的声音；厌恶他自鸣得意的俏皮话，尽管他向来伶牙俐齿，但是这些俏皮话却显得他无比愚蠢；我厌恶他那漂亮但是蠢兮兮的脸（不过我倒是愿意用我这张聪明的脸跟他换）和那种四十年代的放肆的官派作风。我厌恶他总是滔滔不绝讲自己将来如何对女人手到擒来（在没有获得军官肩章的时候，他都不敢同女人开始一段关系，所以他迫不及待地渴得到它），还说他会不停地参加决斗①。我记得，我虽然一向沉默寡言，但是有一次和兹韦尔科夫杠上了，那时他在课余时间和同学们胡扯自己未来的风流韵事，说着说着，到最后竟像是晒着太阳的狗崽子一样宣称，他对自己村里的每一个乡下姑娘都要染指一番，并说这叫初夜权②，如果农夫们胆敢反抗，那就把他们好好抽一顿，还要让这些大胡子的混账东西加倍地交地租。我们同学里的一帮下流坏纷纷鼓掌叫好，我立时跟他吵了起来，并不是为了同情这些姑娘和她们的父亲们，而仅仅是因为这些人居然为了这么个下三滥而鼓掌。我当时占尽上风，而兹韦尔科夫自然是傻乎乎的，却也一副高高兴兴、厚颜无耻的样子，所以对此一笑了之，结果就是，实际上，我并没占什么上风：笑声是站在了他那边的。后来他又好几次让我败下阵来，但是没什么恶意，不过是开个玩笑，顺带嘲笑我一下。我没有理他，但是恶狠狠地鄙视着他。在毕业的时候他给了我一个台阶，对此我并不十分抗拒，因为这令我十分受用，但是我们很快还是彻底分道扬镳了。后来我听说他在服役期间颇为得意，到处纵酒作乐。接着又听到别的传言——他在仕途上很是顺风顺水。在路上他碰到我已经不会点头致意了，我猜他是怕向我

---

① 此处暗指兹韦尔科夫所勾引的女性是有夫之妇。在当时的俄国，被戴了绿帽的丈夫通常会向妻子的情夫提出决斗的请求。
② 原文为法语，指中世纪的封建陋习。初夜权即指每个女农奴的第一次交欢之夜必须是和自己的农奴主老爷进行。——俄文版编者注

这样一个一文不名的小人物鞠躬致意有损自己的身份。我也有一次在剧院的三层包厢看到了他，他已经挂上军官的穗带了。他在一个老将军的女儿面前百般奉承、点头哈腰。三年里他变得不修边幅了，尽管还是挺漂亮、挺得体的，不过他开始发胖了，有些浮肿，显而易见的是等他到三十岁的时候就会完全发福了。我的同学们就是为这么个即将调走的兹韦尔科夫打算准备钱行宴。他们三年来一直同他有来往，尽管在心底里这些人从来没觉得自己能跟他平起平坐，这一点我深信不疑。

西蒙诺夫的两位客人中有一个是费尔菲奇金，是个德裔俄罗斯人，他身材矮小，尖嘴猴腮，是个嘲笑所有人的糊涂虫，从低年级开始就是我的死对头，他既卑鄙下流，又粗鲁无礼，总是吹牛并且做出一副无比自尊自爱的样子，尽管他内心里大概只是个软蛋。他是兹韦尔科夫的跟班之一，这些人总是装模作样地恭维兹韦尔科夫，并从他那里借钱。西蒙诺夫的另一客人是特鲁多柳勃夫，他是个名不见经传的小人物，一个在军队服役的家伙，高个子，冷冰冰的面孔，挺诚实的，但是对任何一种成功都趋之若鹜，而且永远张嘴闭嘴就是仕途。他是兹韦尔科夫关系很远的远房亲戚，说来可笑，就是这一点在我们几个人之中竟使他有了某种特殊的身份。他总是觉得我可有可无，对我也从来说不上礼貌，不过总体上也过得去。

"那么我们每人出七卢布，"特鲁多柳勃夫说，"我们一共三个人，一共二十一卢布，能吃顿好的了。当然，兹韦尔科夫用不着出钱。"

"就这么定了，我们请他。"西蒙诺夫拍板了。

"难不成你们真觉得，"费尔菲奇金得意洋洋、热情洋溢地接过话来，活像个吹嘘自家将军老爷勋章的狗腿子奴才，"难道你们觉得兹韦尔科夫会让别人请客？他总是客客气气随便吃点，可是却掏出半打好酒作为回礼。"

"我们四个人，哪喝得了半打酒。"特鲁多柳勃夫说，他光注意到了半打好酒了。

"就这样，我们仨，算兹韦尔科夫四个人，二十一卢布，明天五点在巴黎饭店①。"西蒙诺夫作为饯行宴的主持人做了个总结。

"怎么会是二十一卢布？"我有些激动地说道，看上去我受到了侮辱，"如果算上我，就不是二十一卢布，而是二十八卢布。"

我以为这样突然毫无预兆地自告奋勇可以说是干得漂亮极了，会让他们所有人心头一惊，会肃然起敬地看着我。

"难道您也来？"西蒙诺夫带着不满地问道，同时尽量不去看我。他对我的底细可以说是一清二楚。

他对我一清二楚这件事让我很恼火。

"这是什么话？我毕竟也是老同学呀，你们故意撇下

---

① 原文为法语。下同。

我，我觉得这算是在侮辱我了。"我又愤愤不平起来了。

"可是我们到哪儿找您呢？"费尔菲奇金无礼地插话进来。

"您可从来都算不上兹韦尔科夫的亲友。"特鲁多柳勃夫皱着眉头补充道。而我揪住话柄不放了。

"我认为，关于这一点谁都无权置喙，"我用颤抖的嗓音回着话，上帝知道到底怎么回事，"或许正是因为我之前和他不够亲近，现在才想去给他饯行。"

"好吧，谁也搞不懂您……您的这些个高尚情怀……"特鲁多柳勃夫冷嘲热讽了一句。

"算您一个，"西蒙诺夫朝我说道，"明天五点在巴黎饭店，别出什么岔子。"

"要给钱的！"费尔菲奇金一边向西蒙诺夫对我指指点点，一边小声嘟哝，不过立刻就停下了，因为就连西蒙诺夫也感到尴尬了。

"够了，"特鲁多柳勃夫站起来说，"他这么想来就让他来吧。"

"毕竟我们这是好朋友间的小圈子，"费尔菲奇金发火了，也拿起了帽子，"这可不是正式会议。我们或许本不希望您来的……"

他们离开了，费尔菲奇金走的时候都没跟我点头致意，特鲁多柳勃夫看都没看我，勉强点了下头。就剩下我和西蒙诺夫面对面地留在屋子里，他面带懊恼和困惑，一脸惊奇地看着我。他自己一直站着,也没请我坐下。

"唔……那么……就明天见吧。您现在把钱给我吗?我就是想确认一下。"他窘迫地低声说道。

我腾地气得满脸通红,不过,刚一红脸,我就想起来老早以前我就该还给西蒙诺夫十五卢布,这笔钱我一直没忘记,但是却一直没还给他。

"您也知道,西蒙诺夫,我来这里的时候还不知道……真不好意思我忘了带……"

"好了,好了,没什么大不了的。明天吃饭的时候您记得付就行。我不过是想确认……您请自便……"

他突然闭口不语,然后站了起来开始在房间里有些懊恼地踱起步来。走着走着,他开始用鞋跟先着地,于是脚步声就更响了。

"我没打扰到您吧?"沉默了两分钟之后我问道。

"啊,没有!"他突然身躯一震,"其实,实话实说吧,打扰了。您知道吧,我要出去一下……去个不远的地方。"他用有些抱歉却又像是指责的语气补充了一句。

"哎呀!我的上帝!您怎么不早——说呀!"我抓起帽子回道,做出了一副惊讶但是却放肆的模样,天知道我怎么会做出这副模样。

"去个不远的地方嘛……走两步就到了……"西蒙诺夫又说了一遍,匆忙地装模作样要送我到前门似的,但是他动也没动一下,"那么就说定了,明天五点!"他在楼梯上冲我喊道,我走了,他可算是如愿以偿了。我简直气得发疯。

"居然就这么鬼迷心窍地、鬼迷心窍地强出头!"我一边走到街上,一边气得牙齿打颤,"还是为这么个卑鄙下流的猪崽子——兹韦尔科夫钱行!当然,不值当去;当然,呸:跟我有什么关系?明天我就通过市内邮政通知西蒙诺夫……"

但是我气得发疯正是因为我偏偏知道,我是会去的,而且去得越是没分寸、越是不体面,我就越是非去不可。

甚至还有让我去不成的客观障碍:我没钱。我手头满打满算也就只有九卢布。而且明天我还得把其中的七卢布作为月钱给我的仆人阿波罗,他住在我家,这七卢布是他的伙食费。

按照阿波罗的性格,这钱不给他是不可能的。关于这个骗子、这个祸害我的家伙,一会我再说他。

总之,我就是知道,我终究不会把钱给他,而且也必须要去赴约。

那天晚上我做了个荒唐透顶的梦。毫不奇怪:关于我中学时期像苦刑犯一般过了几年的回忆整个晚上都压在我心头,我怎么也没法摆脱这些回忆。我被几位远亲塞进了这所中学,我靠他们接济生活,但是从被安排进学校就对他们再没什么印象了,他们把我这个孤苦伶仃、已经被他们的数落折磨得够呛、已经糊里糊涂、总是沉默寡言而且怪里怪气地打量一切的男孩塞进了中学。同学们遇见我总是对我恶毒且毫无同情地嘲笑，因为我跟他们完全不同。但是我受不了这些嘲笑，他们之间臭味相投，可我没法轻轻松松地跟他们打成一片。我从那时起就憎恨他们，用胆怯的、受尽侮辱的、极度的自尊把自己和所有人隔绝开来。他们的愚蠢令我愤怒。他们无耻地嘲笑我的长相、嘲笑我肥胖的身材，可是他们自己全长着一张愚蠢透顶的脸！在我们中学里，人的表情不知怎么就会完全变样，变得傻里傻气。有许多漂亮的孩子到我们中学上学。过了几年再看看，他们已经变得面目全非了。早在十六岁的时候，我就愁眉苦脸地对他们感到惊讶了，他们想法中的鸡毛蒜皮，他们干的事、玩的游戏、说的话显示出的愚蠢，在那时就已经让我震惊了。他们不能理解那些必要的事物，对那些发人深省、至关重要的东西也不感兴趣，所以我不得不开始认为他们要低我一等。我可不是出于受了侮辱的虚荣心才这么说，上帝保佑，你们可别用那些已经令人作呕的官样文章作为反驳来丢我现眼，说什么："都是在想入非非，他们那时候就能理解真正的生活。"他们什么也不懂，不懂什么是真正的生活，我发誓这一点是他们身上最令我恼火的。相反，最显而易见的、最醒目的现实他们却以糊里糊涂的异想天开来对待，在那时他们就已经习惯于只向成功顶礼膜拜了。所有那些虽说是天经地义，但是却令人感到屈辱、备受折磨的事，全都被他们冷酷无情、卑鄙地嘲笑。官衔被视为智慧，十六岁就已经张嘴闭嘴讲着肥差了。当然了，许多人是因为愚蠢，因童年、少年时代一直都被身边的坏榜样影响了才会这样。他们的放荡好色到了一种扭曲的状态。当然了，这种情况多数是表面现象，是装出来的下流无耻；当然了，即便是放荡好色，他们身上还时隐时现着青春和某种蓬勃朝气，但就算是蓬勃朝气，在他们身上看来也是乏善可陈的，而且是表现在胡作非为之中。我对他们深恶痛绝，尽管我比他们更差劲。他们对我以牙还牙，也丝毫不掩饰对我的厌恶。不过，我完全不指望得到他们的喜爱了，相反我一直渴望他们来欺辱我。为了摆脱他们的嘲笑，我有意开始尽我所能努力学习，竭力保持名列前茅。这一点触动了他们。于是他们开始慢慢地理解了，我读的那些书，是他们读不了的，我理解的那些事物（这些可不包括在我们专业课里面），他们听都没听过。对此他们报以古怪和嘲讽的目光，但是精神上已经被折服了，更何况老师为此更加关注我了。嘲笑消失了，却变成了敌视，慢慢变成了彼此间的冷漠和生硬的关系。最后我自己先受不了了：对人群和朋友的需求年复一年地在增长。我试着同其他人拉近关系，但是每次这种亲近关系都显得很不自然，然后自然而然就结束了。我也曾有一次交过一个朋友。但是我的心里存在着一种专制，我希望无限度地掌控他的心灵；我希望让他蔑视他周围的环境；我要求他高傲地、决绝地同这种环境彻底决裂。我用自己的这种狂热的友谊恐吓他，把他吓哭了，吓得浑身抽搐，他有一颗天真、恭顺的心。不过当他完全顺从我的时候，我立刻就开始憎恨他，也疏远了他——似乎我需要他仅仅是为了折服他，只是为了获得他的服从。不过我战胜不了所有人，我的这位朋友和周围的人也完全不同，他不过是一个极为罕见的个例。我在中学毕业后做的第一件事就是离开安排给我的专业职务，这样才能一刀两断，咒骂过去，让过去灰飞烟灭……鬼知道我怎么就磨磨蹭蹭地跑到这个西蒙诺夫这儿来了！……

早上我早早地掀开被子，激动地一跃而起，仿佛所有的事现在就开始发生了似的。不过我坚信，我的生活会发生、今天一定会发生某种根本性的变化。不知是因为不习惯还是怎么，我这辈子只要有什么风吹草动，哪怕是最细枝末节的小事，总会让我觉得，现在我的生活就要发生根本性的变化了。我仍旧像平常一样去上班了，但是提前两个小时偷偷溜回了家里，打算提前准备准备。我想，我不能第一个到场是很重要的，否则他们就会认为我非常乐于来赴约了。不过类似这样重要的事有千百件，它们全都使我焦虑不安到了浑身无力的地步。我再次亲自把靴子擦干净，阿波罗无论如何也不肯一天里擦两次靴子，他认定这么干不合规矩。我偷偷把刷子从前厅偷出来擦靴子，这样阿波罗就不会注意到了，也省得他事后看不起我。然后我又仔细地检查了一下我的大衣，发现大衣已经又旧又破，完全穿坏了。我真是太邋遢了。当然文官制服还是完好的，但是不能穿着文官制服去赴宴呀。更要命的是，裤子膝关节的地方有一块很大的黄黄的污渍。我预感到，光是这块污渍就足以抹杀掉我十分之九的自尊了。我也知道,我这么想实在是太下作了。"不过现在顾不上想法了,现实就摆在眼前。"想到这我心灰意冷了。我自己也清楚地知道,这会儿,我在荒唐地夸大事实,但是我能怎么办:我控制不住我自己,像得了热病似的哆嗦起来。我绝望地想象出兹韦尔科夫这个"下流坯"是如何高傲、冷漠地跟我打招呼;蠢货特鲁多柳勃夫是用怎样的麻木而犀利的目光来看我;费尔菲奇金这个跳梁小丑为了讨好西蒙诺夫又会怎样卑劣粗鲁地哂笑我的处境;西蒙诺夫肯定对这一切了然于胸,他又会如何鄙视我的这种虚荣、懦弱的卑鄙行为,还有最关键的,这一切都如此渺小,完全不文雅,太稀松平常了。当然了,最好是别去赴宴。不过不去也是最最不可能的:一旦有什么东西攫住我,我就一定会全身心地投入进去。我这辈子一直事后刺激自己:"怎么着,害怕了,害怕现实?就是害怕了!"但是正相反,我一直无比希望能向所有这些"混账"证明,证明我完全不是我所想象中的那种懦夫。更何况:在怯懦的热病发作得最严重的时候,我还幻想着能占上风、能战胜他们、能感化他们、让他们喜欢我——哪怕是"为了显示高风亮节或者说句无关痛痒的俏皮话"呢。他们抛弃了兹韦尔科夫,而兹韦尔科夫则坐在一边,沉默不语、羞愧难当,我则让他一败涂地。然后,我还要跟他们和好,把酒言欢,以"你"相称①,不过对我来说

---

① 在俄语中,以你相称表示亲近。

最难受、最憋屈的就是，我立刻就知道，完完全全知道，我想的这些，事实上我完全不需要，事实上我根本不指望击垮他们、不指望折服他们或者感化他们，而即使我做到了这一切，我自己首先就会觉得这一切一文不值。哎，祈祷上帝让今天快点过去吧！在难以启齿的愁闷中，我走到了窗户旁，打开了一扇窗户，注视着污浊的雾气中密密麻麻飘落的湿雪……

最终，我那个挂在墙上的破挂钟叮叮当当地敲了五下。我抓起帽子，竭力不看阿波罗——他从早上开始就向我表达着不满，但是出于骄傲一直不想先开口——就从他身边匆匆溜出了门，我用最后半卢布雇了辆讲究的马车，像个阔老爷似的乘马车去了巴黎饭店。

## 第四章

昨天晚上我就知道，我准会第一个到。不过，这已经不是谁第一个到的事了。

即便他们还都没来，不过我还是勉强找到了我们的包间。包间的桌子连桌布都没铺上。这是什么意思啊？在多方打听之后，我才从服务员那里得知，聚餐定的是六点左右而不是五点左右。前台也确认了这一点。我已经不好意思再细问了。那会儿离六点还有二十五分钟。如果他们改了时间，无论如何也该通知我一下，哪怕用市内邮政发个信给我，而不是这样让我在自己面前……而且也在服务员面前"丢人现眼"。我正坐着，服务员开始铺桌摆盘了，看着他收拾我就更难受了。快到六点的时候，除了点着的灯泡，包间里又点上了蜡烛。尽管在我刚到的时候，服务员压根儿没想到把这些蜡烛点上。旁边的包间里已经开始吃饭了，两个闷闷不乐的客人分坐不同的桌子，看上去有点气哼哼的，一句话也不讲。远处的一个房间里面很喧闹，甚至有点像在大喊大叫，听起来像一大群人在笑，传出了某种下流的、法式的欢呼声：是和女士一起吃饭。总之可以说是让人恶心极了。我很少有这么难受的时候，于是当他们正正好好六点钟一起出现的时候，我第一时间就把他们当成了某种救星，几乎忘了我应该愤懑地看着他们。

兹韦尔科夫一马当先走了进来，看起来像是首席贵族似的。他和他们正有说有笑，不过一看到我，兹韦尔科夫就装腔作势地慢悠悠向我走过来，像是在卖弄风情似的略微俯了下身子，同时向我伸出了手，这一举动做得亲切但又不算非常亲切，带着谨慎的、几乎是将军般的礼貌，好像他伸出手的同时又在提防着什么。这跟我原本预想的完全相反，我本以为他一进来就会用自己过去那种尖细的、带着叫喊的笑声放声大笑，一开口就是他那些平淡的笑话和俏皮话。我从昨天就开始准备对付他，但是无论如何我没料到他会如此高傲，摆出这样屈尊俯就的姿态。大概他已经认为，在方方面面上他都彻底高出我一大截了吧？如果他只是为了欺辱我才摆出将军的谱来，那我想也没什么，我啐他一口就是了。不过，万一他真的没有打算欺辱我，只有一个想法真真切切地钻进他那颗公羊脑袋里，那就是他觉得已经彻底高出我一大截了，除了以爱护照拂的姿态来看待我之外，就别无他法了呢？想到这，我竟气得无法呼吸了。

"我得知您要参加我们聚会的意愿时大吃一惊。"他开口说道，故意抑扬顿挫、拿腔拿调，还拖长声音地说出以前他不常用的词，"我们和您太久没见了。您躲着我们。这可不应该。我们不像您想的那么可怕。嗯，和您恢——复——关——系总归令人高兴……"

他漫不经心地转身将帽子放在窗户前面。

"久等了吧？"特鲁多柳勃夫问道。

"我五点整就到了，完全遵照昨天对我的叮嘱。"我带着快要爆发的怒气大声地回道。

"难不成您没通知他说改时间了？"特鲁多柳勃夫问西蒙诺夫。

"没通知。忘了。"西蒙诺夫回答，没有任何歉意，甚至都没跟我道歉就去安排冷菜了。

"这么说您在这待了一个小时了，哎哟，太可怜了！"兹韦尔科夫嘲笑地喊了一句，因为照他看来，这件事实在是太好笑了。接着马屁精费尔菲奇金大笑不止，发出了响亮而下流的笑声，活像狗崽子叫唤。就连他都觉得我的境地十分可笑、令人发窘。

"这一点都不好笑！"我冲费尔菲奇金喊道，我越来越生气了，"这是别人的错，不是我的错。你们不屑于通知我。这、这、这……简直荒唐。"

"这不仅是荒唐，而且是，"特鲁多柳勃夫埋怨道，他天真地给我帮腔，"您说得太委婉了。简直是无礼。当然了，是无心之失。这个西蒙诺夫……哎！"

"要是别人这么对我，"费尔菲奇金说，"我非得……"

"您一定会让他们给您端点东西上来，"兹韦尔科夫打断了他，"或者等也不等自己先开席。"

"您得承认，我本可以这么干的，不用任何人许可，"我接过话头，"如果我等着，那么……"

"先生们，请坐吧，"刚走进来的西蒙诺夫说，"一切都安排好了，我已经吩咐过了，香槟冰得很好……可我不知道您的住所在哪，我到哪找您呢？"他突然朝我说了一句，不过又是看也不看我。显然他在反抗什么东西。看来，昨晚的事之后他才拿定的主意。

大家都坐了下来，我也入座了。桌子是个圆桌。我左手边坐的是特鲁多柳勃夫，而右边是西蒙诺夫。兹韦尔科夫坐我对面，在他和特鲁多柳勃夫中间是费尔菲奇金。

"请——问，您……是在厅里工作吧？"兹韦尔科夫接着刚才的话问我。他看到我正在发窘，便认真地觉得我需要同情，或者说需要鼓励一下。"他这是干吗？难道想让我拿酒瓶子砸他吗？"我愤怒地想。因为受不了他的故作姿态，我莫名地冒起火来。

"在某某办公室。"我盯着盘子，磕磕绊绊地回答说。

"那……您——得了什么好——处吗？请——问有什么事迫——使您离开之前的岗位吗？"

"就是想离开之前的岗位本身——迫——使——我离开的。"我比他还多拖长了两倍的音，我快要控制不住自己了。费尔菲奇金哧哧地笑了。西蒙诺夫讽刺地看着我；特鲁

地下室手记 | 101

多柳勃夫也不吃了,而是好奇地打量着我。

兹韦尔科夫抽搐了一下,不过他不想被人看出来。

"嗯——嗯——嗯,那您收入如何?"

"什么收入?"

"就是月——薪?"

"您这是在审问我!"

不过我还是一五一十地说了我的薪水有多少。我的脸红得要命。

"不算富裕。"兹韦尔科夫骄傲地指出。

"可不是,都不够去喝咖啡、下馆子!"费尔菲奇金无耻地补了一句。

"在我看来,这简直是穷困潦倒。"特鲁多柳勃夫认真地说。

"您看您瘦的,完全变样了……自从……"兹韦尔科夫一边打量着我和我的衣服一边接着说,这时他已经不无恶意地,带着某种令人讨厌的怜悯。

"可别再让他丢人了。"费尔菲奇金笑着幸灾乐祸道。

"阁下,请您记住,我不丢人,"我最终发作起来,"您听着!我在这儿吃饭,'喝咖啡、下馆子',花的是自己的钱,自己的,可没花别人的钱,请您记住,费尔菲奇金先生①。"

---

① 原文为法语。

"什——什么！谁不是花自己的钱在这里吃饭？您好像……"费尔菲奇金对此揪住不放，像只虾一样涨红了脸，暴怒地盯着我的眼睛。

"那——那么，"我感觉我有点过分了，便回答说，"我想我们说话的时候还是该放聪明点。"

"我猜您是有意显摆您的聪慧了？"

"别担心，在这儿完全没必要这么干。"

"那您这是在干什么，人模狗样地嗷嗷叫唤？啊，您怕不是早就在您的'营'<sup>①</sup> 里发疯了吧？"

"够了，先生们，够了！"兹韦尔科夫一锤定音地喊道。

"真是冒傻气！"西蒙诺夫不满地咕哝道。

"确实是冒傻气，我们和和气气地聚到一起是为了给一位好朋友饯行，也把您算进来了，"特鲁多柳勃夫粗鲁地冲着我一个人说道，"您昨天晚上自己死乞白赖要参加聚会，那就别在这破坏和谐的气氛……"

"好了，好了，"兹韦尔科夫喊道，"都别说了，先生们，不谈这个了。现在我想跟你们聊聊我前天差点没结婚的事……"

就这么大家开始听这位先生前天差点没结婚的荒唐事。不过关于结婚半个字也没提，讲的全是一个又一个将军、上

---

① 费尔菲奇金故意说错了"厅"一词来羞辱对方。

校，甚至还有士官生——宫廷侍从，而这些人几乎都唯兹韦尔科夫马首是瞻。大家发出了赞许的笑声，费尔菲奇金甚至尖叫起来。

所有人都不理我，我灰心丧气地坐在那里。

"天啊，我就是跟这种人为伍！"我想，"我在他们面前居然像个傻瓜似的！不过话说回来，我是太纵容费尔菲奇金了。这些蠢货还以为，让我跟他们共坐一桌是给我面子，他们永远不明白，这是我给他们面子，不是他们给我！'看您瘦的！制服！'这条该死的裤子！兹韦尔科夫刚刚还盯着膝盖上那块黄黄的污渍看了下……这算什么！现在，我就立刻站起来，拿起帽子，一句话不说径直走出去……以示蔑视！哪怕明天就跟他们决斗。跳梁小丑。我可不是舍不得这七卢布。你们想想……真见鬼！七卢布不值得我可惜！我立刻就走！……"

当然了，我留了下来。

我痛苦地一杯接一杯地喝着拉菲酒和核列斯酒。由于不常喝酒我很快就醉了，同醉意一同增长的还有我的懊恼。我突然想用最野蛮的方式侮辱他们所有人，然后扬长而去。抓住时机，证明给自己看——让他们说好了：哪怕显得搞笑，但是确很聪明……还有……还有……总之，让他们见鬼去吧！

我醉眼惺忪地打量了他们许久。不过他们好像已经完全把我忘了。他们又吵又叫，很是开心。兹韦尔科夫一直在讲个没完。我开始仔细听他说什么。兹韦尔科夫讲的是某个丰腴的太太,他诱使她最终向他表白了(当然了,他这是在撒谎,像个畜生似的),在这桩风流事上他的一位密友,有着三千农奴的某小公爵、骠骑兵柯利亚帮了大忙。

"可是,为什么这个有三千农奴的柯利亚没到这来,没来和我们一起给您饯行呢?"我突然在他们的交谈中插了一句。当时所有人都闭口不言了。

"喝到现在,您一定是醉了。"特鲁多柳勃夫鄙夷地瞥了我一眼,他终于肯注意到我了。兹韦尔科夫像只小甲虫似的默默地盯着我上下打量。西蒙诺夫赶紧开始给大家倒香槟。

特鲁多柳勃夫举起了杯子向除我之外的所有人敬酒。

"祝您身体健康,旅途顺利!"他冲兹韦尔科夫叫道,"为了过去的时光,先生们,也为我们的未来,干杯!"

所有人一饮而尽,然后凑过去亲吻兹韦尔科夫。我却无动于衷,满满一杯酒在我面前纹丝未动。

"您不打算喝吗?"特鲁多柳勃夫严肃地冲我嚷道,显然已经忍无可忍了。

"我想以自己的名义说几句祝酒词,单独敬……到时候再干杯,特鲁多柳勃夫先生。"

"专唱反调的讨厌鬼!"西蒙诺夫低声抱怨着。

我直挺挺地站在桌子前,像生了热病似的拿起酒杯,准备说些不同凡响的话,当时我自己也不知道我正打算说什么。

"安静①！"费尔菲奇金嚷道，"聪明人要敬酒了！"

兹韦尔科夫一脸严肃地等着我开口，显然已经知道我要说什么。

"兹韦尔科夫中尉先生，"我开腔了，"您知道，我讨厌装腔作势，讨厌油腔滑调的人，讨厌偷奸耍滑的人……这是第一点，接着还有第二点。"

所有人都坐立不安起来。

"第二点：我讨厌风流艳史和好色之徒。尤其是好色之徒！

"第三点：我爱真理、诚实和正直，"我几乎是机械地继续说着，因为我当时已经吓得呆若木鸡了，不知道我为什么会这么说……"我爱思想，兹韦尔科夫先生，我爱真正的友谊，建立在平等之上的友谊，而不是……嗯……我爱……不过，说这些干什么？让我为您的健康干一杯，兹韦尔科夫先生。您去勾引切尔克斯②美女吧，去射杀祖国的敌人，还有……还有……祝您健康，兹韦尔科夫先生！"

兹韦尔科夫从座位上站了起来，朝我鞠了一躬并说道："非常感谢。"

---

① 原文为法语。
② 又名契尔克斯，北高加索的一个民族，在 19 世纪常用于指称北高加索信仰伊斯兰教的原住民。18 世纪末北高加索被俄国吞并，但是原住民激烈反抗俄国统治，但最终被沙皇镇压。因兹韦尔科夫将去高加索任职而有此说。

他受了极大的侮辱，甚至已经气得脸色惨白了。

"见你的鬼。"特鲁多柳勃夫用手拍了一下桌子，大吼了一句。

"这可不行，说这种话可得挨嘴巴！"费尔菲奇金尖叫了起来。

"应该把他赶出去！"西蒙诺夫低声咕哝着。

"别说了，先生们，也别动手！"兹韦尔科夫制止了其他人的激愤，自己激动地大叫，"感谢你们每一位，不过我会亲自证明我有多重视他的话。"

"费尔菲奇金先生，明天您得为您现在说的话给我个满意的答复！"我傲慢地朝费尔菲奇金说。

"要决斗咯？奉陪。"他回答道，不过，大概我提出决斗时太滑稽了，也太不像样了，以至于所有人，甚至包括费尔菲奇金都笑得前仰后合。

"行了，没什么好说的，别搭理他！他已经醉得一塌糊涂了！"特鲁多柳勃夫鄙夷地抢白了一句。

"我怎么把他也叫来了，我真是不能原谅自己。"西蒙诺夫又一次低声咕哝起来。

"这会儿最好是拿酒瓶子砸向他们所有人。"我一边想，一边拿起了酒瓶子，然后……给自己满了一杯酒。

"……不，最好还是耗到底！"我接着又想，"我一走你们可就高兴了，先生们。没门。我偏要坐在这里，痛饮到底，以此来告诉你们，我一丁点儿都不在乎你们。我偏要坐在这喝酒，因为这里是酒馆，而我是付了钱才进来的。我偏要坐在这喝酒，因为你们在我眼里全是无名小卒，形同虚设的无名小卒。我偏要坐在这喝酒……要是我乐意，我还要唱，对，要唱，因为我有这个权利……有权唱歌……嗯。"

不过我没唱歌。我只是努力不看他们任何一个，装出一副满不在乎的样子，不耐烦地等着他们率先开口来找我说话。不过，唉，他们没和我说话。反而好像是、好像是我在等着和他们讲和的机会似的！钟敲了八下，最后又敲了九下。他们下桌坐到了沙发上。兹韦尔科夫舒舒服服地躺在沙发的卧榻上，把一条腿搭在了小圆桌上。酒也搬到那边去了。他真的自己拿来了三瓶酒给大家喝。而我，显然没被邀请过去。其他人都围着他坐到沙发那边去了。他们几乎是带着崇敬在听他讲话。很显然，他们都爱他。"为什么？为什么啊？"我自顾自地想着。他们时不时表现出醉酒时的狂欢，然后彼此互吻。他们在聊高加索；聊什么是真正的激情；聊加里比卡①；聊任职时能捞到好处的地方；聊骠骑兵波特哈尔热斯基有多少收入，并为了他有那么多收入而开心，这位骠骑兵和他们全都素昧平生；聊 Д 公爵夫人是那么国色天香、婀娜多姿，这位公爵夫人他们也素未谋面，最后他们一直聊到莎士比亚永远不朽。

我鄙夷地笑着，并且正对着沙发的包间另一边，沿着墙

---

① 一种扑克牌赌博。——俄文版编者注

在桌子和炉子中间走来走去。我竭尽全力地表明，他们对我完全可有可无，同时我又故意踩着靴子跟走路，弄得靴子咚咚响。但是这一切都无济于事。他们谁也没管我。我耐得住性子，就在他们面前这么走，从八点走到十一点，从桌子到炉子，再从炉子折回来，就这么一段路。"我就想这样走，谁也不能不让我这样走。"服务员走进包间的时候，停下来看了我好几次，因为不停地转身，我的头都晕了，有时候我都觉得我开始说胡话了。三个小时里，我三次满身大汗又三次消了汗。有时，一种想法带着痛彻心肺、撕心裂肺的痛苦刺进了我的心里：就算过了十年、二十年、四十年，而我，哪怕过了四十年，仍旧无比厌恶、备受屈辱地回忆着我这一生里面最肮脏、最可笑、最骇人的几分钟。不可能再去昧着良心、自甘下作地自轻自贱了，而我完全、完全明白这一点，我就这么不停从桌子到炉子，再从炉子到桌子地走着。"唉，要是你们知道我多么情感丰富、多么思想卓越，又是多么高尚就好了！"我不时这样想着，同时在想象里，我已经对着沙发说出了这番话，而我的敌人们就坐在沙发上。然而对我的敌人们来说，好像我根本就没在房间里一样。有一次，仅仅有那么一次，正当兹韦尔科夫讲到莎士比亚的时候，他们扭头看了我一眼，而我突然鄙夷地哈哈大笑起来。我做作又讨厌地发出了哧哧的笑声，于是他们突然停止交谈，并且默默地观察了两分钟，非常严肃，没有发笑，看着我沿着墙从桌子走到炉子，看着我对他们丝毫不加注意。然而什么也发生：他们没向我开口，过了两分钟又不管我了。十一点的钟声敲响了。

"先生们，"兹韦尔科夫从沙发上站起来开口说道，"现在，我们都去那儿吧。"

"当然，当然！"其他人应和着。

我突然转向兹韦尔科夫。我早已痛苦不堪，彻底精疲力尽了，哪怕抹脖子自尽也要结束这一切！我像得了热病似的颤抖着，黏糊糊的头发粘在了额头和鬓角上。

"兹韦尔科夫！我请求您原谅我，"我突然决绝地说到，"费尔菲奇金，也请您原谅，请所有人、所有人原谅，是我得罪了大家！"

"啊哈！决斗可不讲情面！"费尔菲奇金恶毒地压着嗓子说。

我的心被刺痛了。

"不，我可不怕决斗，费尔菲奇金！我明天仍要跟您一决生死，不过要在我们已经握手言和之后。我坚持要这样，您不能拒绝我。我要向您证明我不怕决斗。到时候您先开枪，而我则将朝天上开一枪。"

"自己哄自己呢。"西蒙诺夫说。

"就是害怕了！"特鲁多柳勃夫接了一句。

"只求您让我们过去，您把路挡住了！⋯⋯您到底要干什么啊？"兹韦尔科夫鄙视地说。他全身上下都红通通的，他的眼睛也闪烁着：显然是喝太多了。

"我想要您的友谊，兹韦尔科夫，我让您受到了侮辱，不过……"

"侮辱？您、您！让我、我！您听好了，阁下，您无论如何都不可能侮辱我！"

"真受够您了，滚开！"特鲁多柳勃夫紧跟着说，"我们走。"

"奥林匹娅是我的，先生们，讲定了！"兹韦尔科夫大叫。

"我们不跟您抢！不跟您抢！"其他人哄笑着回答。

我倍受侮辱地杵在那里。一帮人闹哄哄地走出了房间，特鲁多柳勃夫唱着支傻兮兮的歌。为了给服务员小费，西蒙诺夫在包间里稍微留了一会。我立刻凑到他跟前。

"西蒙诺夫！给我六卢布！"我斩钉截铁而又绝望地说。

他用已经恍惚的眼睛无比吃惊地看着我。他也喝醉了。

"难道您要跟我们一起去那儿？"

"对！"

"我没有钱！"他坚决地说，鄙夷地笑着走出了包间。

我抓住了他的大衣。这简直像噩梦一般。

"西蒙诺夫！我看见您有钱了，您为什么拒绝我？难道我是蠢货？您最好别轻易拒绝我：您可知道、您可知道，我为什么跟您借钱！这关系到一切，我未来的一切，我的全部计划。"

西蒙诺夫拿出了钱，几乎是扔在我身上。

"如果您这么没良心的话，那就拿去吧！"他残酷地说了这么一句，然后就跑着去追其他人了。

我呆了一分钟。彻底乱套了，残羹剩饭，地板上的碎杯子，洒出来的葡萄酒，抽剩下的烟头，脑子里的醉意和胡话，心里无比折磨人的忧伤，最后，还有那个亲眼看见也亲耳听到了这一切、正用好奇的眼睛盯着我看的狗腿子。

"去那儿！"我大喊一声，"要么他们全都跪下抱住我的脚，向我祈求友谊，要么……要么我就抽兹韦尔科夫一记耳光！"

## 第五章

"这么说这事儿,这么说这事儿还是跟现实相冲突了,"我一边拼命从楼梯上跑下去,一边低声咕哝着,"要知道,这可不是离开罗马跑到巴西去的教皇;要知道,这也不是科莫湖上的舞会!"

"你这个混蛋!"我脑海中突然响起了声音,"居然还在嘲笑这件事。"

"随你骂吧!"我自问自答地喊道,"反正现在一切都毁了!"

已经找不到他们的踪迹了,不过也无所谓:我知道他们去哪了。

门廊外杵着孤零零的夜班万卡①,他穿着粗呢布的衣服,全身都覆着这会儿还在下个没完的湿漉漉的、又好像热乎乎的雪。外面又潮又闷,让人窒息。他那匹鬃毛分叉的小花斑马也全身盖满了雪并且嘶鸣不止;这一切我记忆犹新。我跑向了破雪橇,不过我正迈开腿打算坐进去的时候,就想起了西蒙诺夫刚刚扔给我六卢布的事,这让我顿时垂头丧气,然后我就像个破麻袋似的扑倒在雪橇上了。

"不行!得再加把劲才能把这一切找补回来!"我嚷嚷起来,"要么让我找补回来,要么就让我今晚当场暴毙。我们走!"

我们上路了。我的脑袋里完全搅成了一团。

"跪下来向我祈求友谊——他们才不会这么干。这是痴心妄想,下作的痴心妄想,令人恶心的浪漫主义幻想,就像是科莫湖上的舞会。所以我就应该抽兹韦尔科夫一个耳光!我责无旁贷。就这样,说一不二,我现在就飞奔过去抽他一耳光。"

"赶车!"

万卡不断扯动着缰绳。

"一走进去就抽他。要不要讲几句作为开场白?不!干脆走进去直接抽。他们应该全都坐在大厅里,而他则和奥林匹娅坐在沙发上。该死的奥林匹娅!有一次,她嘲笑我的脸还拒绝我。

"我要薅奥林匹娅的头发,揪兹韦尔科夫的两只耳朵!不,最好还是揪一只,扯着他的一只耳朵绕着屋子走。其他几个人大概会揍我一顿再把我扔出去。这是铁板钉钉的事。随他们好了!反正我已经先抽了他一记耳光了:我先发制

---

① 旧俄称驾驶驽马拉的简陋马车的车夫为"万卡"。

人，而根据荣誉规则——这就赢了；他已经给烙上了耻辱的印记，不管怎么打我，也洗刷不掉这记耳光了，除非决斗。他必须同我决斗。所以就让他们打我好了。打吧，这群粗鄙小人！打的最重的肯定是特鲁多柳勃夫；毕竟他那么壮；费尔菲奇金则准是一直在旁边扯我的头发。不过让他们打吧，悉听尊便！我豁出去了。他们这些山羊脑袋到最后才被迫在这一切之中觉察到悲剧的元素！当他们把我拉出门的时候，我就朝他们大喊，告诉他们，事实上，他们连我一根小指头都不如。"

"赶车，车把式，赶车呀！"我冲着万卡嚷嚷。

他都有点吓哆嗦了，挥了几下鞭子。我已经是发狂似的大喊了。

"黎明时候决斗，就这么决定了。厅里的差事是彻底完蛋了。费尔菲奇金不久前还把厅说成了'营'呢。不过到哪搞得到手枪呢？真是废话！我预支了薪水买就是了。那火药呢？子弹呢？这是决斗见证人的事。天亮之前怎么才能把这一切都安排好呢？我到哪找见证人呀？我连个熟人都没有……"

"真是废话！"我大喊了一声，头晕目眩得更厉害了，"真是废话！"

"我在街上遇到的第一个人必须当我这方的决斗见证人，就像他必须见义勇为把溺水者从水里拉上来一样。最糟糕的情况也是有可能的。大不了我亲自去请厅长来当我的见

地下室手记 | 115

证人,他就是出于骑士精神也会答应我并保守秘密的!安东·安东内奇……"

问题是,那一瞬间我比世界上的任何人都更清楚明白,我那些想象全是最卑鄙无耻的扯淡,而且全是在说反话,不过……

"赶车,车夫,赶车,滑头,赶车呀!"

"好嘞,老爷!"车夫应了声。

我突然感到一阵恶寒。

"我要是……我要是……现在直接回家岂不更好?我的上帝!为什么,为什么昨天我非要自告奋勇来吃这顿饭!不行,绝不可以!从桌子到炉子来回走了三个小时就这么算了?不,非得由他们,由他们,而不是别人为我这三个小时的走来走去付出代价!他们必须洗刷这份耻辱!"

"赶车!"

"要是他们把我送进警察局怎么办?他们不敢!害怕闹丑闻。那要是兹韦尔科夫瞧不起我,拒绝决斗怎么办?这太有可能了,不过到时候我要证明给他们看……等他明天准备出发的时候我就冲到驿站去,在他上马车的时候揪住他的脚,扯下他的大衣。我要用牙死命咬住他的手,我要咬他……'所有人都看看吧,一个绝望的人能干出什么事来!'随他怎么打我的脑袋,随他们怎么从我背后对付我。我要向所有人大喊:'看吧,这个准备去勾引切尔克斯娘们的狗崽子被我啐了一脸!'

"干完这事,大概一切就都结束了!什么厅不厅的对我来说也不复存在了。随后,我会给抓起来,会被审判,会被开除职务,会给关进牢里,会被流放到西伯利亚去。无所谓!十五年之后,我从牢里出来了,我穿着破衣烂衫,像个乞丐似的蹒跚地找他们去。我会在省城里的某个地方找到他。他结婚了,过得很幸福。他还有个成年的女儿……我会说:'看看吧,恶棍,看看我这张凹陷的脸,看看我穿的这些破衣烂衫!我什么都没有了——仕途、幸福、修养、学问、心爱的女人,这全都拜你所赐。看这把手枪。我来这开一枪,还有……还有我原谅你。'这时我就朝天开一枪,然后从此就销声匿迹……"

我甚至哭了出来,尽管我一瞬间就完全明白了,这一切都是从西尔维奥身上、从莱蒙托夫的《假面舞会》里想出来的①。我突然感到羞愧得无地自容,羞愧得让我勒住了马,然后爬出了雪橇,当街站在了雪中。万卡喘着粗气,吃惊地看着我。

"如何是好?去是不能去的——没什么好说的;就此打住也不行,因为事已至此……上帝啊!怎么能就此打住!还是受了这般屈辱之后!"

"不!"我大喊一声,跑回了雪橇上,"这是命中注定

---

① 西尔维奥,普希金的中篇小说《射击》(1830)中的主要人物,他的一生都花费在复仇的想法上。在小说的结尾,他战胜了自己的仇人。在《假面舞会》中也有被称为无名氏的类似角色。——俄文版编者注

了,这就是我的命!赶车,赶车,去那儿!"

我激动难忍,一拳打在了车夫的脸上。

"你干啥呀!打人干吗?"这个土包子嚷了一句,不过同时还是抽着拉车的驽马,于是这匹马开始蹬着后蹄尥蹶子。

湿雪像棉絮一样漫天飞舞;我的身体露在外面,我已经完全顾不上这些了。别的事我全给忘了,因为抽耳光的事总算有个结论了,我惊恐地感到,这件事现在已经是板上钉钉了,眼见着就要发生,任何力量也阻止不了了。冷冷清清的灯笼在大雪笼罩的浓雾中阴森森地闪着,好像葬礼上的火把。雪飘进了我的大衣,飘进了便服里,飘到了领带下面,然后融化了;我没把衣服合上:反正我也一无所有了,合不合衣服有什么关系!我们总算到了。我几乎是无意识地冲了出去,跑上台阶,开始手脚并用地砸门。我突然感到膝盖那里软得厉害,尤其是两只脚。很快就有个人来开门,就好像知道我要来似的。(确实如此,西蒙诺夫预先就告知说,可能还有一个人,而这个地方必须要预先说好,好提前做好安排。这是那时的"摩登商店"里的一家,现如今它们已经被警察取缔了。白天这里确实就是个商店;到了晚上有邀请函的人就能作为客人来这里玩玩了。)我三步并做两步地穿过了黑黢黢的门廊来到了我熟悉的大厅,这个大厅里只点了一根蜡烛,然后我就陷入了困惑之中:这里一个人都没有。

"他们人呢?"我随口问道。

他们应该是已经快活完了，各自回去了……

我前面出现了一个人，傻兮兮地笑着，是老板娘，某种意义上来说，她是认识我的。过了一分钟，门开了，另一个人走了进来。

我不管不顾地在房间里踱步，看着像是在自言自语。我像是死里逃生似的，并且我全身心地预感到这事会皆大欢喜：毕竟我本来要抽耳光的，我本来一定得抽、非抽不可！不过现在他们不在了……全都消失了，全都天翻地覆！……我打量着四周。我还没缓过神来。我不自觉地看向了走进来的姑娘：在我面前的是一张小巧而鲜活的、年轻的、有点苍白的脸，脸上有两道黑黑的直眉毛以及庄重而带着些许惊讶的目光。我立时就喜欢她了；她要是在微笑的话，我可能就会憎恶她了。我站在那全神贯注地看她，好像举着放大镜似的：思绪还没法集中起来。这张脸上有某种朴素和善良的，但是不知怎么又庄重到了让人奇怪的东西。我确信，因为这个特点她在这混得不好，这些傻瓜没一个会注意到她的。不过，她说不上漂亮，尽管她个子高挑，健康有力，身材很好。穿的嘛，朴素极了。一种下流的东西攫住我了，我径直走向了她……

我碰巧映在了镜子里。我那张惊恐不安的脸显得实在太让人厌恶了：苍白、凶狠、丑陋，还长着乱糟糟的头发。"随它去吧，我就高兴这样，"我想，"正是因为我让她感到厌恶我才高兴，我就喜欢这样……"

## 第六章

……在隔墙外面,像是受到了某种非常沉重的压力似的,又好像是被什么人给勒住了——钟发出了吱吱嘎嘎的声音。在长得不自然的吱嘎声之后,响起了尖细的、下流的又好像有点突然的钟声——仿佛是有人提前冲了出来似的。钟响了两下。我醒了,几乎没睡着,只是意识模糊地躺着。

房间里拥挤、逼仄而且低矮,摆满了体积很大的衣柜,扔了一地的硬纸盒、破衣烂衫和各种各样的破烂杂物——屋里几乎完全黑了。房间边缘的桌子上点着蜡烛头,几乎完全灭了,时不时地稍稍爆发出一点光来。过不了几分钟房间里就会完全黑下来了。

我刚刚清醒了没一会儿,立刻没费什么劲儿就把一切都想起来了,就好像这些记忆就是为了再次扑到我身上来而一直守着我似的。就算是在迷迷糊糊之中,我的记忆里总是不停地出现某些细微的小东西,这些东西让人想忘也忘不掉,我睡梦中的幻想也是围绕这些小东西而展开。然而怪异的是：在这个半睡半醒的时刻，我觉得，我今天白天经历过的这一切已经过去很久很久了，好像我在很久很久之前就已经经受过这番折腾了。

脑袋里一片混沌。仿佛有什么东西一直在我面前，刺激着我、挑衅着我，让我不得安宁。忧伤和怒火又一次郁积起来并且在寻求发泄。突然我在身旁看到了两只睁着的眼睛，正在好奇而坚定地端详着我。这目光冷漠极了，阴森森的，好像完全不是人类的，让人很不舒服。

我的脑海里滋生出一种阴郁的念头，这种念头像某种非常难受的感觉一样传遍全身，那种感觉就像是走进地下室一样，潮湿、发霉的地下室。不大自然的是，正是此刻这两只眼睛才突然想起要仔细打量我一番。我也想起来了，在过去的两个小时里面，我一句话也没跟这个造物讲，也完全没觉得有这种必要，甚至就在刚才不知为什么我还很喜欢这样。这时我突然清晰地想象出了一种荒唐的、像蜘蛛一样令人恶心的淫秽思想，这种淫秽之中没有爱，而且野蛮、无耻地从那种真正相爱的人结婚才会做的事开始干起。我们就这么互相对视了很久，不过她没有在我面前垂下眼睛，目光也一直没有改变，所以到了最后不知怎么我感到有点害怕。

"你叫什么？"我犹犹豫豫地问了一句，好快点结束眼下这种状态。

"丽莎。"她几乎耳语似的回答说，但是不知怎么回答得十分冷淡，而且移开了视线。

我沉默了一会。

"今天的天气……下着雪……真讨厌!"我把手愁闷地搭在头上,盯着天花板,几乎是喃喃自语。她没回话。当时一切都尴尬极了。

"你是本地人?"几分钟之后我稍稍向她的脑袋转了一点,几乎是在发火地问。

"不是。"

"那从哪来?"

"从里加①。"她勉勉强强地说道。

"德意志人?"

"俄罗斯人。"

"在这很久了?"

"在哪?"

"这栋房子里。"

"两周。"她说话越来越断断续续。蜡烛彻底熄灭了;我已经无法看清她的脸了。

"父母还健在?"

"是……不……还在。"

"他们在哪?"

"就在那里……在里加。"

"他们是什么人?"

---

① 现为拉脱维亚首都,当时居住着大量波罗的海的德意志人。

"就那种人……"

"就哪种人?什么人,哪个阶层?"

"小市民。"

"你一直和他们一起过?"

"是的。"

"你多大年纪?"

"二十岁。"

"你为什么要离开他们?"

"没什么。"

没什么就是说:别问了,烦死了。我们俩都不说话了。

上帝才知道我为什么没走。我自己也变得越来越烦闷和忧伤。昨天一整天发生的种种状况不知怎么开始不由自主、不受我控制地胡乱在我的记忆里涌现。我突然想起了昨天早上在街上看到的一幕场景,当时我正忧心忡忡地挪着步子去上班。

"今天搬棺材的时候差点没把棺材摔了。"我突然大声地说了一句,完全没指望对方会接话,而是几乎不由自主地说了一句而已。

"棺材?"

"是啊,在干草广场[①];从地窖里搬出来的。"

---

[①] 彼得堡地名,此地因长期进行干草交易而得名,四周是贫民窟和各类罪犯的聚集地。陀思妥耶夫斯基也曾因故被关在干草广场的禁闭室内。《罪与罚》的主人公所住的斗室也位于此地。

"从地窖里?"

"不是地窖,而是从地面底下的那层……唔……你知道的,从下面……就是从那种很差的破房子……周围全是脏东西……果皮蛋壳、各种垃圾……闻起来……让人想吐。"

一阵沉默。

"今天不适合下葬!"为了不再沉默着,我又开腔了。

"怎么不合适?"

"下雪,搞得潮乎乎的……"(我打了个哈欠。)

"反正都一回事。"沉默了一会之后她突然说。

"不,糟透了……(我又打了个哈欠。)掘墓人准会因为土被雪水泡湿了而破口大骂。墓地里面也准会积水。"

"墓地里为啥会积水?"她带着某种好奇问我,不过说起话来比之前更粗鲁、更迟疑了。突然有什么东西把我给惹恼了。

"有什么为啥的,墓地底层都是水,得有六俄寸那么厚。不止一块墓地这样,在沃尔科沃①,就挖不出干的墓地。"

"为啥?"

"什么为啥?那里就是这么个到处是水的地形。哪哪都是沼泽。只能往水里埋。我亲眼见过……好几次……"

(我一次也没见过,甚至都没去过沃尔科沃,只是道听

---

① 彼得堡地名,沃尔科夫公墓就位于此地。

途说而已。)

"难道死对你来说也无所谓?"

"我为什么会死?"她自我保护似的回答道。

"总有一天你也会死的,就像不久前死的那个死者一样的死法。她也……是个姑娘……死于肺痨病。"

"妓女最好死在医院里……"(她早知道这件事,我想,所以她说:妓女,而不是姑娘。)

"她欠老鸨的钱,"我接着说,越来越故意地挑起争吵,"一直到最后还在给老鸨赚钱,哪怕都得了肺痨病。周边的车夫找当兵的聊天,他们讨论了这件事。或许这些人是她过去的客人。有说有笑的。还准备去小酒馆纪念她一下。"(我添油加醋地编了不少故事进去。)

沉默,彻底的沉默。她甚至完全无动于衷。

"可能死在医院里,多少会好些?"

"反正不是全一个样?……再说为什么我要死?"她气愤地补充道。

"不是现在,以后呢?"

"以后再说以后……"

"话不能这么说!你现在还年轻、健康、有活力——这些才是你值钱的地方。再过一年你就不是这样了,就会衰老了。"

"再过一年?"

"不管怎么样吧,再过一年你总归会掉价的,"我幸灾乐祸地滔滔不绝起来,"你会从这儿搬到其他更低矮的房子里去。再过一年——再搬去第三栋房子,房子越来越低矮,等过了七年,就搬到干草广场的地下室去了。这还是好的。除此之外,万一你要是得上了病,那才可怜呢,唔,比如胸闷……或者就是感冒,再或者别的什么病。过这种生活,总是接二连三生病。得上了,等着吧,再不会好的。然后你就会死了。"

"那就死呗。"她已经完全是恶狠狠地回话了,并且迅速地轻轻动了一下。

"总归太可怜了。"

"可怜谁?"

"可怜生命。"

沉默。

"你有过未婚夫没有?啊?"

"您问这个干什么?"

"我不是在审问你。我不干什么。你生什么气呢?你当然也可能有自己的烦心事。与我何干?就是可怜罢了。"

"可怜谁?"

"可怜你。"

"没这个必要……"她用刚刚能听到的声音低声说,然后又轻轻动了动。

我当时就发火了。这是干吗!我对她好言好语,而她……

"你想什么呢？你走的是什么正道吗？啊？"

"我什么也没想。"

"什么也不想才可恨。清醒清醒吧，趁着还不晚。总还来得及。你还年轻，也很健康；可以去爱，可以嫁人，会幸福的……"

"不是所有已婚的女人都幸福。"她用刚才那种粗鲁的、连珠炮似的方式截住了话头。

"当然不是所有人，但是怎么也比在这里强得多。好得太多了。而且只要有爱情，过得不幸也能活下去。而且苦难之中的生活也是好的，好就好在不管过的是什么日子，总归活得光明磊落。而这里，除了……只有臭气熏天。呸！"

我鄙夷地翻了个身；我已经不是在冷漠地说教了。我自己也开始对我说的内容感同身受并大为触动。我已经迫不及待地讲述那些从我的小角落里繁衍出来的珍贵思想了。突然有什么东西让我激动起来，有某种目标"出现了"。

"你别看我也在这里，你别跟我学。我可能比你更差劲。但我是喝醉了才来的这儿。"我连忙为自己开脱，"更何况，女人从来就不应该跟男人比。这不是一码事；哪怕我自轻自贱，就算如此我也不会是谁的奴隶；我来了，又走了，我就不在这里了。改掉了恶习，就能重新做人。而说到你，你从一开始就是个奴隶。是的，奴隶！你献出了一切、用尽了力气。以后再想扯断这些锁链，已经没辙了：你只会被束缚得越来越紧。这个该死的锁链。我了解它。关于别的我就不说了，你也没法明白，不过请你告诉我：大概你也准是欠了老鸨的钱吧？哼，你看吧！"我抢白道，尽管她没有回答我，而是一言不发，全神贯注地听着。"这就是你的锁链！永远都没法挣脱了。他们准会这么干的。早晚把你的灵魂送给魔鬼……

"……而说到我……可能我也是同样不幸，你可知道，我故意钻进这些肮脏事里，也是因为忧伤啊。喝酒是因为痛苦；唉，我到这里来也是因为痛苦。请告诉我，这到底有什么好处：我和你……相遇了……刚才，整个过程我们一直谁也不跟对方讲话，等以后你再看到我时，就会像陌生人一样；我对你也不外如此。难道人们就是这么相爱的？难道人与人就应该这样结合在一起？这只能是道德败坏，就是如此！"

"没错！"她急忙尖声附和我。我甚至因这声"没错"如此匆忙而感到惊讶。这就是说，不久前，她打量我的时候，可能也产生了同样的想法？也就是说，她已经产生某种想法了？……"真见鬼，这倒是很有意思，算是'同病相怜'了。"我一边想着，一边差点兴奋地搓手，"搞定这么一个年轻的灵魂还不是手到擒来？……"

最让我着迷的就是这种逢场作戏。

她把头挪了挪，离我更近了，在黑暗之中我觉得到，她用一只手撑住了头。可能是在端详我。可惜的是，我看不清她的眼睛。我听到了她在深呼吸。

"你怎么会到这里来呢?"再开始讲话,我已经带着某种权威的语气了。

"没什么……"

"在父亲的家里生活多好啊!又温暖又宽敞;还有自己的窝。"

"如果那里更糟糕呢?"

"得投其所好,"我闪过一个想法,"她不是太吃多愁善感这一套。"

不过只是一闪而过。可以肯定的是,我对她实在是很感兴趣。更何况那时候我正身体虚弱而情感充沛。于是骗人的时候就轻而易举地带着感情了。

"谁说的!"我连忙回答,"什么事都有可能。我就坚信,是有个什么人欺负了你,是他对不起你,而不是你对不起他。我虽然完全不了解你的事,但是,像你这样的姑娘,是不会自愿到这种地方来的……"

"我这样的姑娘是什么样的?"她用勉强可闻的声音温顺地说,不过我没仔细听。

"真见鬼,我这是在勾引她。这太下作了。但也可能挺好的……"她沉默着。

"听着,丽莎,我跟你说说自己!我小时候也有个家,我也不像我现在这样。关于它我常常思考。无论家里多么不好,总归父母不是敌人,也不是外人。哪怕他们一年才向你表达一次爱意。毕竟你还能知道,你属于你自己。我就是那种脱离家庭长大的，大概也因为这样，我成了这样的……麻木不仁的人。"

我又等了等她的回应。

"看来她理解不了，"我心想，"我在这道貌岸然，实在是好笑。"

"如果我是个父亲，而我有个女儿的话，比起儿子，我似乎更喜欢女儿，真的。"我开始旁敲侧击，装作好像不是为了逗她开心似的。意识到了这一点，我脸红了。

"这是为什么呀？"她问。

啊，所以说，她听着呢！

"就是这样，我也不知道怎么回事，丽莎。你看：我认识一个当爹的，他是个非常严厉、生硬的人，可是在女儿面前，他就双膝跪地，亲她的手和脚，怎么看也看不够，真的。女儿在晚会上跳舞，而她的父亲就在同一个地方站着一连看了五个小时，目不转睛地盯着女儿。爱女儿爱得发狂了；对此我能理解。到了晚上，女儿累了，睡着了，而他却会醒着，到睡着的女儿那里去吻她、给她画十字。当爹的自己穿着脏兮兮的便服，对所有人都抠门，而给女儿呢，什么都买最新款的，还要送昂贵的礼物给她，只要礼物她喜欢，当爹的就高兴。父亲永远比母亲要更爱女儿。有个姑娘住在家里，是多么开心的事啊！我大概都不会让我的女儿出嫁。"

"这怎么行？"她微微一笑，问我。

"大概是嫉妒，我发誓。唔，她怎么能亲吻别人呢？怎么能爱别人胜过爱父亲？这太难以想象了。当然了，这都是废话；当然了，到最后不管什么样的父亲都会想通的。不过，在把女儿嫁出去之前，我大概已经被这么件操心事折磨过了：所有的未婚夫都要精挑细选一遍。不过最后总归是要把她嫁给她自己爱的那个。虽然女儿自己爱的那个，在父亲看来总是不如其他人。事情总是如此。许多家庭的不睦也常因此而起。"

"有的人巴不得把女儿卖掉，却不是光明正大地送出去。"她突然说了一句。

啊！原来如此！

"这个嘛，丽莎，在那些被诅咒的家庭里，既没有上帝，也没有爱，"我热烈地接过话来，"而没有爱的地方，也就不可能有理性。这样的家庭是有的，确实有，我说的不是这样的家庭。看起来，你在自己的家庭中看不到善，所以你才这么说。你真是太不幸了。唉……这一切常有发生，多半是因为贫穷。"

"难道那些老爷们家里就好些了，是吗？正直的人就是受穷也能好好活着。"

"唉……也对。也许吧。丽莎，我还是要说：人总是只喜欢计较自己的痛苦，而不在意自己的幸福。如果把该算的都算上了，那就会发现，生活包含了辛酸苦辣。唔，如果家庭和睦，上帝保佑，嫁个好丈夫，他爱你、宠你，不离开你！这种家庭多美好啊！就算是偶尔苦乐参半也美好，谁能完全没有痛苦呢？等你嫁人了，大概，你自己就明白了。就拿初嫁人时来说吧，嫁给了你爱的人：总是感觉到幸福、幸福！几乎幸福时刻相伴。在新婚时就算是和丈夫吵架也会和和睦睦地结束。正是那些爱丈夫越深的女人，才越容易跟丈夫吵架。真的，我知道一个这样的女人：'就是这样，我爱你，'她说，'非常爱，也是因为爱你才折磨你，你也感觉到了吧。'你知道吗？人们恰恰是因为爱才会折磨别人。大部分女人，都会暗自想：'反正我以后会爱他的，爱得过头，所以现在折磨折磨他也没什么大不了的。'在家里，所有人都为你们感到开心，为你们和和美美、开开心心、安安宁宁、坦坦荡荡……也会常有人会吃醋。我认识一个女人，她丈夫出门了，而她就受不了，当天晚上就跑出门，一声不吭地偷看：他在这吗？他在家吗？他没和别的女人在一起吧？这就不好了。她自己也知道这不好，她心里也不好受，备受折磨，毕竟她爱他呀，这都是因爱而起。而争吵之后两人又和好如初，她当面向丈夫认错或者请求原谅，这多好啊！这对双方都好，两个人突然好得好像重新相遇、重新举行婚礼、重新开始相爱。谁也、谁也没必要搞清楚，丈夫和妻子之间发生了什么，只要他们相爱就行了。还有不管他们吵成什么样，也不应该把自己的亲妈喊来评理，不应该一个劲儿地指责对方。他们自己会做出判断的。爱情是上帝的秘密，不管夫妻之间发生了什么，对其他人来说都该非礼勿视。这样爱情就会更加神圣，更加美好，夫妻也就越彼此尊重，而尊重是很多事情的基础。如果本就有爱情，而且因为爱才举行婚礼，那么爱情怎么会消失啊！难道爱情是不能维系的吗？不能维系的情况是很少见的。唔，丈夫是个善良、诚实的人，爱情却正因如此才消失，怎么会这样呢？最初的夫妻间的爱消失了，确实如此，却会再产生一种更美好的爱。到时候夫妻俩灵魂交融，所有的事情相互商量，不会再有什么秘密。等有了孩子，那么即便在最艰难的时候也会觉得幸福，只要相爱，就会勇敢。这样的话工作也会变得令人开心，这样哪怕偶尔把面包省下来给孩子也令人开心。毕竟孩子们在未来会因此而爱你，也就是说，你是在养儿防老。孩子们在成长，你感觉到，他们把你当做榜样、当做支柱，哪怕有一天你死了，他们一辈子都会珍藏着你给他们的感觉和思想，于是他们就继承了你的形象，和你越来越像了。也就是说，这是伟大的责任。父亲和母亲怎么能不结合得更加紧密呢？有人说，养孩子不会太累吗？谁这么说的？这是天赐的幸福！丽莎，你喜欢小孩子吗？我爱他们爱得发狂。你想想看，一个粉粉嫩嫩的小男孩，吮吸着你的胸脯，当丈夫看着妻子抱着孩子坐在面前的时候，他是多么全神贯注在妻子身上啊！粉嫩嫩的、圆滚滚的孩子，张开手脚，舒舒服服地躺着，胖乎乎的小手小脚；干干净净的、只有一丁点儿大的小指甲；好像在说他什么都懂的眼睛，小巧到让人一看就想笑。小手揪着你的乳房，比划着——这是在吸奶水呢。爸爸走过来，孩子就吐出乳头，扭过身子往前够，看着爸爸咯咯地笑——仿佛只有上帝才知道怎么会好笑——然后又一口一口地吮吸起奶水来。如果乳牙已经快长出来了，那他一碰到妈妈的乳房就会咬住乳头，用余光瞄着妈妈：'看，我咬住了！'丈夫、妻子、孩子，三个人待在一块，难道这不就是幸福吗？为了这些时光，许多事就都可以原谅了。不，丽莎，先要自己学会如何生活，然后才能去怪罪别人。"

"如临其境，你必须说得如临其境才行！"我暗自思忖，尽管我是发自肺腑地说了上面的话，我还是突然脸红了，"不过要是她突然哈哈大笑起来，我该怎么圆场呀？"这个想法让我又愤怒起来。话说到最后我确实心情激动起来，而这会儿我觉得自尊心受到了伤害。沉默持续着。我甚至想推她一下。

"您有点……"她刚开口就突然停住了。

不过我全明白了：在她的脑海中已经有种别的东西在跳动了，这种东西不像之前那样，它不强烈、不粗鲁，但也不会屈服，它是某种柔软而羞怯的东西，这种羞怯甚至让我突然觉得，在她面前我无地自容、罪孽深重。

"什么？"我带着温顺的好奇问她。

"就是您……"

"什么？"

"就是您……好像照着书在背呢。"她说，在她的声音中突然又出现了某种嘲笑。

这句话让我痛苦万分。完全出乎我的预料。

我竟不明白，她是故意装作在嘲笑我，这是那些心灵羞怯、纯洁的人常用的最后一招，对他们来说，袒露心声太傻也太难缠了，而且他们因为骄傲，直到最后一刻也不肯表达自己的感受。她开始用嘲笑的方式一点一点克服羞怯，直到最后才会决定说出心里话，我本该猜到的。不过我没有猜到，而是被一种不好的感觉攫住了。

"走着瞧。"我想。

## 第七章

"唉，得了，丽莎，什么书不书的，我就算是从旁观者的角度都觉得恶心。何况我也不是旁观者。这一切现在才在我心里苏醒过来……难道，难道你在这不会觉得恶心吗？显然是不会，习惯成自然嘛！鬼知道人能养成什么习惯。你难道就真的觉得，你永远不会变老，你会永远这么漂亮，在这的好日子也能永远保持下去？我可不是在说这儿是下流勾当……你要知道，我是在跟你说这么件事，在说你现在过的生活：没错，你现在年轻、漂亮、健康、激情洋溢、感情充沛，但是，你知道不知道，我刚才刚一睡醒，就立刻觉得跟你在一起真是恶心！这是只有喝醉了才会来的地方。要是你能在其他地方像清白人家一样过日子，那样的话，我可就不是这样勾搭你了，而是直接爱上你，被你看一眼就乐不可支，更别说跟你说句话会多开心了，我会只敢站在大门外偷偷看你，在你面前双膝跪地，把你当做自己的未婚妻来看待，也会充满真心地尊重你。甚至想都不敢想你会跟什么不三不四的事有关系。而在这儿，我总归清楚，我不过是个嫖客，而你，不管你乐不乐意都得跟我走，在这儿，可就不是我来询问你的心意，而是你要看我的意愿了。最下流的乡巴佬去当雇工都不会把自己全卖了，这就是说，对他来说还有个契约时限。可你的契约时限在哪儿呢？哪怕想想：你在这付出的是什么？被奴役的又是什么？是灵魂、灵魂，是你无权处置的灵魂，和你的肉体一起被奴役了！而你的爱也全给各种酒鬼糟蹋了！爱！——它是世上的一切、是钻石、是少女的珍宝，这是爱啊！要知道，为了赢得这份爱，有的人准备献出灵魂、情愿赴死。而你的爱现在价值几何？可以花钱买到你，买到你的整个人，如果没有爱就可以为所欲为了，就没什么必要去追求爱了。对一个姑娘来说，没有比这更大的侮辱了，你明白吗？我听说，你们这些傻女人被这么哄着——允许你们在这里找情郎。这不过是对你们的一种纵容、一种欺骗、一种嘲笑，而你们却信以为真。那么他，所谓的情郎，到底是真的爱你吗？我不信。如果他知道，你马上就会被别人召走，他怎么可能爱你呢？你一被召走他就又是个登徒浪子了！他哪怕有一丁点儿尊重你吗？你和他有任何的共同之处吗？他嘲笑你，甚至从你这巧取豪夺——这就是他全部的爱了！不打你，就算好的。打你，也不是不可能。如果你也有个情郎的话，你问过他会不会娶你吗？要是他没直接啐你一脸或者抽你一顿，也准是盯着你哈哈大笑——而他自己，可能最多也就值两个破铜板。你到底为什

地下室手记 | 137

么想把你的一生都葬送在这里？又为什么别人给你喝咖啡还把你喂得饱饱的？到底为什么给你吃饭呢？换个纯洁的姑娘，她一口都咽不下去，因为她知道为什么给她吃饭。你在这儿欠了钱，那就会一直欠下去，一直欠到最后，直到你的客人开始嫌弃你为止。这种事，说快也快，别指望能一直年轻。毕竟时光飞逝①啊。他们会把你赶出去。不是直接把你赶出去，而是早早地开始对你吹毛求疵，开始数落你的不是，开始对你破口大骂——就好像不是你把健康都献给了老鸨，不是你把青春年华和灵魂都白白送给她挥霍，倒好像是你让她破了产、四处乞讨，好像是你偷了她的钱。别指望别人能伸出援手：你的其他女伴也会落井下石，这是为了讨好老鸨，因为所有人在这都是奴隶，良心和怜悯早就被抛弃了。她们早就堕落透了，世上没有比她们骂的脏话更下流、更卑鄙、更让人受辱的了。在这儿你得把一切都毫无怨言地留在这——健康、青春、美貌、希望，二十二岁看着就像三十岁一样，如果没得病就是万幸了，为此向上帝祈祷吧。大概你现在在想，你反正连工作也没有，那就纵酒狂欢吧！世界上从来就没有更沉重、更苦的工作了。整颗心都已经哭得精疲力尽。等你被从这里给赶出去的时候，你一句话、一个字都不敢说，而是像是个罪人一样从这里离开。你先是换到了一个别的地方，接着换到第三个地方，然后又换去另外

---

① 原文直译为："骑着驿马飞跑"，出自普希金的诗作《致普欣》。

的地方，最终还是会到干草广场去。到了那，挨揍就像家常便饭一样；这就是那里待人接物的方式；那里的客人不打你一顿就没法跟你温存。你不相信那里会这么让人讨厌吧？等真有那么一天你到了那里，四处瞧瞧，或许你就能亲眼看到这一切了。有一次新年的时候，我在门口遇到了一个姑娘。她被自己的同伴们哄笑着推了出来，她快冻僵了，而且已经在嚎啕大哭，可她身后的门却关了起来。到了早上九点的时候，她已经完全醉了，衣衫不整，半裸着身体，全身被打得遍体鳞伤。她脸上惨白、眼眶乌黑、口鼻流血，刚刚被某个马车夫揍了一顿。她坐在石头台阶上，手里捏着一条腌咸鱼，她嚎啕大哭，哭诉着自己的"命苦"，不停用鱼敲打着台阶。而在门廊上，马车夫和醉醺醺的士兵们都聚在一块调戏她。你不相信你也会变成这样吧？我本来也不愿相信，可是大概八九年前，这个拿着腌咸鱼的姑娘也是不知从哪来到了这里，像个小天使一样光鲜、天真、纯洁，对坏事一无所知，每说一句话都会脸红，这些你又如何得知呢？大概，她那时候就像你这样，高傲、自怨自艾，完全和其他人不同，把自己视作公主，而且自以为能遇上一个既爱她而她也爱的人，指望这个人给她一生的幸福。你看，结果如何呢？要是这个衣衫不整、醉醺醺的姑娘在用那条鱼敲着脏兮兮的台阶的那个瞬间，想起自己的过去的一切，想起她在父亲家里过的清清白白的日子，那会儿她还在上学，邻居家的儿子会在放学路上偷偷看她，向她发誓会一辈子爱她；发誓要把自己的命运交给她；发誓他们会永远彼此相爱；发誓只要一长大就马上结婚，想到这些她会作何感想呢！不，丽莎，如果是在那种地方，在街上的角落里、在地下室里，就像前不久那个姑娘一样，得了肺痨病，快点死才是幸福，才是你的福气。你刚才说去医院来着？行吧——会送你去的，如果你对老鸨来说还有用的话。肺痨这种病，不会发作得太快。得了这种病，到最后一分钟，人还是指望着、念叨着：我还健康。自我欺骗罢了。而对老鸨来说正好有利可图。别激动，事实就是这样；也就是说，灵魂已经出卖掉了，而且还欠着钱，所以，连哼都不敢哼一声。而你快死的时候，所有人都会抛弃你，所有人都会跟你断绝来往——因为还能从你这得到什么呢？还要羞辱你，说你怎么不快点去死，还要白占地方。你央求给点水喝，他们会骂骂咧咧地给你拿水过来：'听说你这种下三滥死的时候，会呻吟，会影响别人睡觉，客人们都烦了。'这是真的；我亲耳听过这样的话。等你到弥留之际了，就随便给你塞到地下室里最臭烘烘的角落里，又黑暗，又潮湿；等你一个人孤零零地卧着的时候，你会想些什么呢？你瞪着眼睛——很快就会有一只别人的手一边抱怨着，一边很是不耐烦地过来给你合上眼睛，谁也不会为你祷告，也不会有人为你伤心，只会快点摆脱你这个麻烦。买了块木板，给你抬出去，就像今天被抬出去的那个可怜的姑娘一样，然后就去小酒馆里念叨。坟墓里泥泞、有垃圾，还有湿雪——对你还有什么礼数可讲的?'把她放下去吧,万纽哈①,你瞅瞅可真个是"命苦",脚朝上倒挂着呢,这样子太不像话了。紧一紧绳子啊,懒鬼。''算了,就这样吧。''什么就这样吧?你瞅瞅,咋能侧躺着呢。之前也是个活人不是?好吧,算了,埋了吧。'他们都不想因为你多拌几句嘴。赶快用混着雪的湿乎乎的泥土埋好了,然后就上酒馆去了……这就是你来世上一遭最后的一点记忆,别人有孩子、有父亲、有丈夫来参加葬礼,而你——没有眼泪、没有叹息声、没有回忆,连一个人、一个人也没有,整个世界上都不会有任何人来给你祭扫,你的名字就直接从世上消失了——就好像你从来不存在,从来没诞生过一样!在污秽遍地的沼泽里,等到死人都起来的时候②,你还是只能在夜里自顾自地拍着棺材板:'善人们,放我回世上活一遭吧!我曾活着——却没体验过生活,我的一生过得就像一块抹布,都在干草广场的小酒馆里喝没了,求你们,善人们,再放我回世上活一遭吧!……'"

我陷入了亢奋之中,以至于我自己的喉咙已经快要痉挛了,然后……我突然停了下来,在惊恐之中微微欠了下身子,战战兢兢地低下了头,心脏怦怦直跳,开始凝神谛听。出于某种缘故我感到窘迫了。

---

① 万纽哈是万卡的谑称。此处用来泛指干粗活的人。
② 指使死人复活,详见《圣经·新约·约翰福音》第5章第21节。

我早就预感到，我已经搅乱了她的神志、摧垮了她的心灵，我越是确信这一点，我就越是希望能迅速而有力地达成目标。逢场作戏、逢场作戏让我着迷了，但是，这不仅仅是比赛而已……

我知道，我讲得生硬、做作，甚至像是照本宣科，总之，除了"好像照着书背似的"，我不会其他的方式。但是这没让我觉得丢人，我总归明白，我毕竟早就预料到，这样能帮到我，正是这种官样文章让事情更加水到渠成。但是现在，已经取得效果了，我却突然退缩了。不，从来没有、我从来没有亲眼看过这样的失望！她面朝下趴着，把脸死死埋在枕头里，同时双手抱住了枕头。她的胸腔剧烈地起伏着。她的整个年轻的身躯都在颤抖，像是痉挛了似的。强行憋在胸口的痛哭把她压垮了、撕碎了，突然哭嚎和喊叫爆发了出来。她更用力地趴向枕头：她不想有人在这儿，不想有哪怕一个活物知道她的痛苦和眼泪。她咬枕头，咬自己的胳膊，都咬出血了（这是我后来才看到的），要不就屏住了呼吸，咬紧了牙关，用手指紧紧揪住自己散开的发辫，用蛮力让自己停下来。我本打算说点什么来让她平静下来，但是又感觉我没这个勇气，突然我自己也开始浑身发冷，几乎是吓坏了，我慌乱地摸索着，像是想快点出去似的。屋里一片漆黑：不管我怎么努力，始终也找不到路。突然我摸到了火柴盒，还有一个烛台，烛台上有一根完整的没烧过的蜡烛。蜡烛刚刚把房间照亮，丽莎就突然跳了起来，带着有点扭曲的脸和半是疯癫的微笑坐了下来，几乎是毫无意识地看着我。我坐到了她的旁边，抓起了她的手；她回过神来，扑向了我，本想抱住我，但是却没敢，最后只是默默地在我面前垂下了头。

"丽莎，我的朋友，我不该……你原谅我吧。"我开口说道。不过她仍是用手指用力地捏着我的手，我猜不应该说这些，于是就不再说下去了。

"这是我的地址，丽莎，来找我吧。"

"会去的……"她坚定地小声说道，不过始终没有抬起头来。

"那我现在就先走了，别了……再见。"

我站了起来，她也站了起来，突然她整个人都涨红了、哆嗦起来，抓起了桌子上的头巾，围在自己肩上，一直到包住下巴。做好这些事，她又痛苦地笑了笑，涨红了脸，奇怪地看着我。我感到一阵心痛，赶忙走了出去，悄悄地溜走了。

"您等一下。"她用手拉住了我的大衣突然说道，当时我已经在前厅的门口了，她急匆匆地放好蜡烛然后跑出去——显然，她是想起了什么或者想把什么东西拿给我看。她跑的时候，满脸通红，眼睛闪烁着，嘴上挂着微笑——这是要干吗呢？我不得不等她；过了几分钟她回来了，眼神中好像在为什么事而请求原谅似的。总之，不管是脸庞还是眼神都已经不是之前那样了——阴森、犹疑、生硬，那是妓女才有的。现在她的眼神柔软，带着些许请求，同时还透露出信任、温顺和胆怯。小孩子们就是用这种眼神看着那些他们深爱并且对其有所求的人的。她的眼睛是亮深棕色的，非常漂亮，生动，能反映出自己的爱意和阴沉的恨意。

　　什么也没对我解释——就好像我是什么更高级的造物，应该不用解释就知道一切——她递给我一张纸片。在那一刻，她的整张脸焕发着非常幼稚的、几乎是孩子气的喜悦。我打开了纸片。这是某个医学院大学生或者类似这类人给她写的信，信写得极为浮夸、辞藻华丽，但是极度恭顺地表白了爱情。具体内容我现在记不住了，但是我很清楚地记得，透过附庸风雅的文体表达出的真挚情感不是装出来的。当我读完这封信的时候，看到她正用炽热、好奇和孩子般焦急的眼神看着我。她目不转睛地盯着我的脸，急切地等着——我会说些什么呢？她迅速地，但是也有点开心又有点骄傲地用三言两语跟我解释了一下，她在某个地方参加了一个舞会，在私人地方，一群"非常、非常好的人，成了家的人，而且在那儿他们还什么都不知道，完全不知道"，因为她在这是初来乍到，刚来没多久……完全还没决定是留下来还是把债还上就马上离开……"嗯，这个大学生也在那里，整个晚上都跟她跳舞，陪她聊天，好像早在里加的时候，早在两人都是小孩子的时候他们就认识了，还一块游玩来着，只不过是很久以前的事了——甚至他的父母也知道她，不过关于这里的事，他丝毫、丝毫、丝毫不知情，也根本想不到！就在舞会后的第二天（三天前），他通过跟丽莎一起去参加舞会的女性熟人送来了一封信……然后……再就没什么了。"

当她说完这一切，她有点羞怯地眨了眨眼睛。

不幸的姑娘，她把这封大学生写给她的信像珍宝一样珍藏着，然后跑过去拿来自己唯一的珍宝给我看，就是不希望我离开的时候不知道有人真诚而坦率地爱着她，不知道也有人对她恭顺地讲话。大概这封信最后还是会被毫无结果地塞进小匣子中。不过那又怎样；我相信她一辈子都会把它当珍宝一样保存起来，把它作为自己的骄傲和证明，也正是在现在这样的时候，她自己想起来、自己拿来了这封信，好在我面前能天真地有所骄傲，好让我刮目相看，想让我看看这一切，也想让我夸她几句。我不置一词，握了握她的手就走了。我太想离开了……我全程都是步行的，完全不顾湿雪仍在纷飞。我当时疲惫不堪、精神涣散，感到莫名其妙。不过真相已经在莫名其妙之中炯炯发光。下流的真相！

# 第八章

然而,我一下子还不能接受我意识到了这个真相。第二天一早,在做了几个小时沉重而且压抑的梦之后,我醒了过来并从头到尾回想了一遍昨天的事,甚至昨天对丽莎的多愁善感以及这些"昨天经历的恐惧和怜悯"全都让我很是吃惊。"居然陷进这种娘儿们的精神失常里面去了,呸!"我下了结论,"我怎么还把地址给她了?她万一来了怎么办?不过让她来好了,没什么大不了的……"不过,毋庸置疑,现在最要紧、最重要的不是这事;而应该着急的是,要尽快挽回我在兹韦尔科夫和西蒙诺夫面前的声誉。这才是要紧的事。而至于丽莎,等我早上忙起来了,甚至就把她完全给忘了。

首先,我要赶快把昨天欠西蒙诺夫的钱还上。我决定死马当活马医:问安东·安东诺维奇①借十五卢布。无巧不成书,他今天早上心情非常好,我刚开口求他,他立刻就给我开了借据。这让我开心极了,所以签字的时候也签得龙飞凤舞，不经意地跟他说，昨天晚上"在巴黎饭店和一帮熟人吃了顿饭，给一个朋友，或者可以说是发小送行，您也知道，他无酒不欢，骄纵惯了，唔，当然了他出身很好、地位显赫、前程似锦、能说会道、风采迷人，而且很会勾搭女人，您想想看：我们喝了不止'半打'，还……"，总之没什么大不了的；我把这一切都说得轻而易举、肆无忌惮，并且自鸣得意。

回到家里，我赶忙给西蒙诺夫写信。

回忆起我的信里那种纯粹的绅士气度、温厚善良、开诚布公的腔调，直到现在我仍对自己赞赏不已。信写得机敏且高尚，而主要的是完全没有废话，我把一切都归咎于自己。我为自己辩解，"如果还有可能让我为自己辩解的话"，我完全是因为不习惯喝酒，所以喝第一杯时就醉了，而第一杯酒（似乎好像）是在他们还没到的时候就一饮而尽了，也就是五点到六点之间，我在巴黎饭店等他们的时候。我着重请求了西蒙诺夫的原谅；也请他把我的解释转达给其他所有人，尤其是兹韦尔科夫，我好像侮辱了他，"我朦胧地记得这么回事，但是又跟做梦似的"。我胡诌说我本想亲自去找他们，但是偏偏头痛犯了，而更主要的是——我羞愧难当。我始终保持着这种"轻描淡写"，甚至几乎是漫不经心（不过完全合乎礼仪），这一点让我十分满意，这种漫不经心反映

---

① 即上文中的安东·安东内奇。

出了我的文笔，而且比任何能想到的借口都好，这能让他们明白，我对"昨天晚上所有的丑事"是完全独立看待的；我完全没有、绝对不是像你们几位先生可能会想的那样，被狠狠击倒了，而是相反，我心平气和地看待这件事，就像一个自尊自爱的绅士该做的那样。俗话说，既往不咎嘛。

"这都已经是某种侯爵式的幽默风度了吧？"我一边重读手记，一边孤芳自赏，"能做到这一切，是因为我是个既有修养也有学问的人！要是别人处在我的位置上，就不知道该怎么摆脱这种情况了，我不仅全身而退而且还让自己大饱口福，这全是因为我是个'我们这个时代里的既有修养也有学问的人'。"更何况昨天的错委实要全怪在酒上。嗯……不过不是的，不怪酒。在五点到六点之间，我在等他们的时候其实没喝什么伏特加。我骗了西蒙诺夫；昧着良心撒了谎；这会儿仍旧不知羞耻……

不过嘛，管它呢！只要能摆脱这件事就行了。

我往信里夹了六卢布，把信封好，然后请阿波罗帮我送去给西蒙诺夫。知道信里夹着钱之后，阿波罗变得恭敬了一些，也同意了去跑一趟。傍晚的时候，我出门散了会步。我的头还在痛而且因为昨天的事昏昏沉沉的。但是夜晚越是临近、黄昏变得越是浓厚，我的各种印象就改变得越多、越是混乱，随后想法也跟着印象开始改变，也开始混乱。在我的内心深处和良知之中有什么东西一直沉寂不下去，它不愿消逝，并且表达出一种令人痛苦的忧伤。我大部分时间都在人最多、最繁华的街上随着人流挤来挤去，沿着尤苏波夫花园附近的小市民街、花园街闲逛。我一直都特别喜欢在黄昏时在这些街上散步，也是在这时候各种各样的路人、工人、手工匠人汇集起的人群越来越庞大，他们拉着一张操心忙碌而显得有些凶相毕露的脸，带着各自一天赚到的薪水四散回到家中。我正是喜欢这种一文不值的忙碌、喜欢这种粗俗的日常生活。这次，整个街上的你推我搡让我更加心绪不宁。我用尽办法，还是无法自持，也理不出头绪。有什么让人刺痛的东西不停地在我心里翻腾、翻腾着，怎么也不肯消停下来。我回家的时候已经伤透了心。就像是在我的心头压上了什么罪孽似的。

丽莎会来找我，这个想法一刻不停地折磨着我。在昨天的所有回忆之中，关于她的回忆不知怎么尤其使我难受，而且也不知怎么跟其他的回忆完全区分开来地使我难受，这可真叫我纳闷。关于其他所有的事，到了晚上我已经完全成功地抛在脑后了，甩手不管了，而且所有的事都在我给西蒙诺夫的信里圆满解决了。可是这桩事我还是有点不满意。就好像是我虐待了丽莎似的。"她要是来了怎么办？"我不停地想，"能怎么办，没什么大不了的，来就来吧。唔。唯一糟糕的是，她会看到，比如说看到我过的是什么日子。昨天我在她面前显得……像个英雄好汉……而现在，唉！我如此潦倒，这太糟了。简直是家徒四壁。我昨天还决定穿这么件大衣去赴宴！还有我的漆布沙发，里面的填充物都露出来了！

我的便服，扣子没法扣上！都是些碎布头……而她会把这一切看在眼里，还会看到阿波罗。这个畜生，准会欺负她。他会对她吹毛求疵，来让我难堪。而我呢，不用说了，像往常一样，吓坏了，开始在她面前急得跺脚、用便服裹住自己，开始赔笑，开始撒谎。哼，下流坯！最下流之处尚不在此！还有某种更关键、更恶劣、更卑鄙的东西！是的，更卑鄙！再一次、再一次带上这副可耻的、谎话连篇的面具！……"

想到这里，我终于勃然大怒：

"为什么可耻？怎么可耻了？我昨天说的是真心话。我意识到我也是有真正的感情的人。我正是想启发她的高尚情感……如果她哭了，那真是好极了，这说明起了积极作用……"

不过，不管怎么我仍旧无法平静下来。

那天整个晚上，哪怕我已经回到家里了，哪怕已经过了九点了，这个点儿无论如何她已经来不及过来了，她还是不停地在我眼前浮现，不停地让我想起昨天那种状态下的一切。昨天有那么一个瞬间让我特别记忆犹新：那就是当我划着火柴照亮了房间，然后看到了她那苍白、扭曲的脸和脸上那殉难式的目光。还有在那个瞬间，她的微笑是多么可怜、多么反常、多么扭曲啊！然而我当时还并不知道，哪怕过了十五年，我依然会想到丽莎，而想象中的她恰好还是挂着在那个瞬间也曾出现在她脸上的那个可怜的、扭曲的、多余的微笑。

第二天我已经再一次准备把这一切都当成胡言乱语、当成精神分裂，而最主要的是把这一切当成是我在夸大其词。我一直都知道这是我的软肋，而且有时候我很怕它："事情坏就坏在我把一切都夸大了。"我时时刻刻都在对自己重复这句话。不过，其实，"其实，丽莎总归还是会来的。"——我那时做出的所有推论都以此告终。我不安极了，甚至有时候会陷入暴怒。"她会来的！一定会来的！"我一边绕着屋子跑一边激动地说道："今天不来，明天也会来，总能找到的！所有从这些纯洁的心灵生出的浪漫主义都么该死！卑鄙下流啊、愚昧无知啊、鼠目寸光啊，说的就是这些个'让人恶心又多愁善感的灵魂'！哼，我怎么会不明白它们，难道我真的不明白？……"但是想到这，我自己就停了下来，甚至陷入了极大的惊慌失措中。

"寥寥数语、寥寥数语，"我顺势想道，"只要寥寥数语，只要几句田园诗歌（甚至这田园诗还是矫揉造作、佶屈聱牙、胡编乱造的），就能立刻按照自己的想法扭转一个人的整个灵魂。这、这才是少女的纯洁！这、这才是土壤的活力！"

有时候我会想自己去找她，"对她坦白一切"并且恳求她不要来找我。不过，随着这个想法，在我心中一股恨意在我心中涌起，恨到她要是突然出现在我跟前，似乎我一定要掐死这个"该死的"丽莎，一定要羞辱她，要朝她啐口水，要把她撵走，要揍她一顿！

但是到了第二天、第三天,她并没来,而我也开始平静下来。我在晚上九点之后尤其欢欣鼓舞,甚至有时候我会美滋滋地想:"比方说,我是在拯救丽莎,正是通过她来找我,而我对她说……我开导她、教育她。最终我发现,她爱我,爱得发狂。我假装不知(经过不知道为什么要假装;大概是为了面子)。到了最后,她,非常害羞、满脸通红、颤栗着、哭着扑倒在我脚下,并对我说,我是她的救星,而且她爱我超过爱世上的一切。我大吃一惊,不过……'丽莎,'我对她说,'难道你认为我没注意到你的爱吗?我什么都看到了,我都猜到了,但是我不敢一开始就干涉你的内心,因为我对你影响巨大,我怕你是因为感激而故意逼自己答应我的求爱,自己强行说自己有这份感情,但是可能它并不存在,不,我不想要这样,因为这……这是专横……这不体面(唔,总之,我用某种欧洲式的、乔治·桑①式的、热烈而高尚的微妙语调说了一番不知所云的话……)。不过现在,现在你是我的了,你是我的造物,你纯洁而美好,你——是我美丽的妻子。'

"于是你大胆而自由地进入我的家门
　　如堂堂正正的主妇那样!②

---

① 乔治·桑(1804—1876),法国女作家。
② 涅克拉索夫诗作《当黑暗中的放纵……》(1845)中的名句。——俄文版编者注

然后我们就开始一起过日子，一起出国，等等。"总之，越说越恶心，最后我说了几句逗自己玩的话。

"终究没把她放出来，'贱人'！"我想，"看来他们不放她出来闲逛，尤其是晚上（我不知为什么不停地觉得她应该晚上来，而且要七点整来）。不过她曾说过，她还没有完全卖给那个地方，多少还有点特权；也就是说，嗐！真见鬼，会来的，一定会来的！"

庆幸的是，这时候阿波罗的胡作非为让我分神了。他真是叫我忍无可忍！他简直是专门来祸害我的，是我命中注定的劫数。我和他一直相互挖苦讽刺，都好几年了，而且我讨厌他。我的上帝啊，我真是太讨厌他了！我这辈子，好像还从来没有人能像他那样让我如此深恶痛绝，尤其是在某些时刻。他已经上了年纪，为人傲慢，以前算是做过裁缝。但是不知道为什么，他鄙视我，甚至鄙视到无以复加，看我的时候傲慢到让人无法忍受。不过他看所有人都挺傲慢的。只要看一眼那淡黄色的、梳得顺滑平整的脑袋；看一眼他抹了素油、散在前额上的刘海；看一眼那厚实的、永远保持三角形的嘴巴——那你们就会感觉到，在自己眼前的是一个从来不会怀疑自己的家伙。这是个吹毛求疵到无以复加的人，我在世上遇到的人之中，他也是最会吹毛求疵的，除此之外他还有一种只有马其顿的亚历山大大帝才配得上的自尊心。他痴迷自己的每一颗纽扣、每一个指甲——肯定痴迷上了，从他的眼神就能知道！他对我的态度总是很蛮横，几乎很少和我说话，如果他偶尔看了我一眼，那就会用强硬、极度自信并且总是带有嘲笑的眼神看着我，那眼神有时候会让我暴跳如雷。他完成自己分内的事也摆出一副姿态，好像给我做这些事就是天大的恩赐。可是，他几乎从来不帮我做事情，甚至不会觉得自己有义务做点什么事。毫无疑问的是，他觉得我是世界上最后一个傻瓜，如果他"把我留在自己身边"，那也只是因为能从我这儿拿到每个月的薪水。他答应"什么也不做"，每个月从我这里赚走七卢布。他让我遭了不少罪。有时候我对他的厌恶到了如此程度：仅仅因为他走路的姿势就差点让我痉挛。不过我最烦的是他平翘舌不分①。他的舌头比一般人的长一些，或者因为其他类似的原因，他说话总是分不清平翘舌、弄不懂前后鼻音，而且好像他对此深以为荣，还以为这样说话能让他备受尊重。他说话声音低哑、慢条斯理，同时背着手、眼睛盯着地面。尤其让我怒发冲冠的是他经常在我隔壁读赞美诗。因为他读赞美诗这件事我跟他吵了许多次。他极其喜欢晚上的时候用喑哑、四平八稳的嗓音拖长声调读赞美诗，听起来就像念给死者听的一样。说来也有意思，他读出了水平：他现在被雇去给逝者读赞美诗，同时他也逮老鼠和擦皮鞋。但是目前我不能把他赶走，他好像已经像化学物一样和我融为一体了。更别说他压根不同意

---

① 原文指说话时说不清俄语中发音相近的清浊辅音。

什么也不付给他就让他离开我。我不能住带家具的公寓[①]：我的公寓是我的私人地方、是我的小天地、是我的保护罩，我藏进去就能躲开所有人，而阿波罗，鬼知道为什么，他给我的感觉好像他就是这个公寓的一部分，我花了整整七年也没法把他赶走。

比如，拖着他的工资，哪怕两天、三天也不行。他准会把这事闹到不可收拾，我连藏都不知道往哪藏。不过那几天里我对所有人都气哼哼的，所以我决定了，出于某种原因也好，为了某种目的也好，我要治治阿波罗，至少再拖两周就不给他发薪水。我很早之前，两年之前就打算这么干了，就是为了证明给他看，他不能在我面前如此放肆，而我，只要我想，就能不给他发薪水。我打算不跟他提薪水的事，甚至故意保持沉默，以此来挫挫他的傲气，让他自己亲自先跟我提薪水的事。到时候我会从钱箱里拿出来七卢布，让他知道，这些钱我有，而且是故意存起来了，但是我"不想、不想，就是不想付他薪水，不想付，是因为我就想这样"；就是因为这就是"我作为老爷的权力"所在；就是因为他对我无礼；就是因为他胡乱撒野，不过要是他恭恭敬敬地给我道歉，那我，姑且会心肠一软，把钱给他，然而两周过去了，三周过去了，整整一个月过去了……

但是不管我怎么发狠，最后还是他赢了。我连四天都没

---

[①] 原文为法语的俄语拼音。

坚持下来。他开始故技重施，就像他在这种情况下经常干的那样，因为这种情况已经不止一次了（而且我发现，我对这一切早就知晓，他这种下流的招数我已经烂熟于心），具体就是这样的：他开始时不时用极其犀利的目光盯着我，一连目不转睛地盯好几分钟，尤其是跟我迎面遇上或者送我出门的时候。如果，假使我强忍着扛过去而且故作姿态假装没注意到这些目光，他仍旧沉默着，准备进一步折磨我。有时候，无缘无故地，他突然静悄悄地、慢慢悠悠地走进我的房间，当时我正在思考或者读书，他就站在门口，一只手背在身后，伸出脚，然后盯着我看，这时他用的已经不是犀利的，而是鄙夷的目光了。如果我突然问他：有什么事吗？他就什么也不回答，继续凝视我几秒钟，然后抿着嘴，做出别有深意的表情，慢慢地原地转过身，慢慢地到他自己的房间离去。过了两个小时，他又突然走了进来，又以同样的方式出现在我面前。如果正巧我心绪不佳、正在生气，我就不再问他：有什么事吗？而是直接猛地、颐指气使地抬起头，也开始凝视着他。我们经常就这么对视两分钟左右，最后他会傲慢地慢慢转回去，然后过两个小时再过来。

如果我对这一切仍不开窍，仍然固执抵抗，他就会突然一边盯着我一边突然叹气，又深又长地叹气，就好像是在用这些叹气来测量我道德沦丧的程度，而最终结果应该是他大获全胜：我歇斯底里、大喊大叫，但是那件引起这一切的事，最后还是不得不无可奈何地了结掉。

这一次,"犀利的目光"这种我习以为常的把戏仅仅刚刚开始,我立刻就勃然大怒,癫狂似的冲向他。就算没有这种把戏我都已经够怒火中烧的了。

"站住!"当他一只手背在身后,沉默着慢慢地转身打算回自己房间的时候,我在暴怒之中喊住了他,"站住!回来,给我回来,我在跟你说话!"大概是我如此不正常地咆哮才让他转了回来,甚至带有些许惊讶地打量着我。然而他还是一句话也不说,这让我更加暴跳如雷。

"你怎么敢不经招呼就进我的房间,还那样子看着我?回答我!"

不过他平静地看了我半分钟之后,就又一次打算转身回去了。

"站住!"我大喊着跑向他,"待在那别动!就这样。立刻回答我,你进来看什么?"

"如果眼巴前儿您有什么要吩咐我的,那我的事就是干完它。"他回答,然后又沉默了,安静而从容地呵呵笑着,挑起了眉毛而且从容地把脑袋从一个肩膀歪到另一个肩膀——做这所有一切时带着一种令人害怕的从容不迫。

"我问的不是这个,不是这个,刽子手!"我怒吼着,恨得直哆嗦,"我亲自告诉你,你进来干吗,刽子手:你发现我没给你发薪水,而且又出于骄傲不想向我鞠躬——也就是向我请求,为此你就跑进来用那种蠢眼神惩罚我、折磨我,你料、料、料想不出,刽子手,这有多蠢、有多蠢、有

地下室手记 | 157

多蠢、有多蠢、有多蠢！"

他还是不出声，然后又开始转身，不过我抓住了他。

"听着，"我向他喊，"钱在这，你看，就是这些！（我从小钱盒里拿出来的）一共七卢布，不过你别想拿走它们，别想拿、拿走，除非你恭恭敬敬地走进来，向我低头认罪，请求我的原谅。听到了吧。"

"这是不可能办到的！"他带着某种非比寻常的自信回答说。

"办得到！"我大喊，"我向你保证，办得到！"

"还有我没什么好请你原谅的，"他继续说，就像是没听到我的咆哮似的，"因为您骂我是'刽子手'，为此我随时可以去警察局告您侮辱我。"

"去吧！请！"我咆哮起来，"立刻就去，此分、此秒，赶紧去！而你还是个刽子手！刽子手！刽子手！"不过他只是看了我一眼，然后转身走了，甚至不去听我的呼喊声，稳稳当当地走回自己的地方，头也没回。

"如果没有丽莎，也就不会有这一切了！"我自己默默地得出结论。于是，我骄傲、郑重地站了一分钟，不过同时心在缓慢而有力地怦怦跳着，然后我找了个幌子亲自去了他那里。

"阿波罗！"我有点气喘吁吁，但是慢慢地抑扬顿挫地对他说，"现在就赶紧去找警察局长，一刻也别耽误呀！"

他这会儿已经坐在自己的桌子前，戴着眼镜在缝补什么东西了。不过听到了我的命令，突然扑哧一声笑了。

"现在，就在这一分钟，快去吧！去吧、去吧，不然你想象不出会发生什么事的！"

"您可真是疯了，"他说，甚至头也没抬一下，就这么慢慢地口齿不清地说着，手上也不停地穿针引线，"您在哪见过，一个人去把长官找来跟自己过不去呢？而说到恐惧，您不过是瞎嚷嚷、白费劲，因为——什么也不会发生的。"

"快去！"我抓着他的肩膀尖叫道。我觉得，我现在快要打他了。

不过就在这会儿门廊里的门突然悄无声息地慢慢打开了，而我却没听到，一个身影走了进来，她停下来困惑地四处张望。我看了一眼，马上因为羞愧而呆住了，然后冲进了自己的房间里。在房间里，我双手抓着自己的头发，头靠在墙上，保持这个姿势呆住了。

过了两分钟，响起了阿波罗慢腾腾的步子声。

"那边有个女的找您。"他说，同时特别严厉地看着我，然后他闪开了身体让进来一个人——丽莎。他并不想离开，而且还嘲笑地打量着我们。

"出去！出去！"我失态地命令着他。这时我的挂钟铆足了劲儿，吱吱嘎嘎地敲了七下。

## 第九章

> 于是你大胆而自由地进入我的家门
> 　　如堂堂正正的主妇那样!
> 　　　　——引自同一首诗

站在她面前,我备受打击,像是被判了刑似的,难为情极了,而且我似乎还微笑着,用尽力气尝试用我那松松垮垮的棉长袍裹住自己,跟不久之前我在内心深处想的分毫不差。阿波罗在我们面前站了两分钟就走了,不过我并没感到轻松些。最糟糕的是,她也突然害羞起来了,对此我甚至也没想到。应该是因为在看我呢。

"请坐吧。"我机械地说,把她拉向了桌子旁的椅子,而自己坐到了沙发上。她立刻听话地坐下了,全神贯注地看着我,显然,她这会儿在等我说点什么。这种期待的天真让我大为光火,不过我克制住了。

这时候本该努力什么也别注意,就好像一切都跟平常一样,而她……我慌乱地感觉到,我会让她为这一切付出巨大的代价。

"刚好被你碰见我陷入窘境,丽莎。"我结结巴巴地开口说,同时我也知道,恰恰不应该起这种话头。

"不,不,你什么也别瞎想!"见她突然脸红了,我大喊起来,"我不为自己的贫穷而羞愧,我穷,但却高尚……是有可能又穷又高尚的。"我咕哝着:"总之……想喝茶吗?"

"不……"她开口了。

"稍等!"

我一跃而起跑向阿波罗。应该到什么地方躲一躲。

"阿波罗,"我把一直攥在拳头里的七卢布扔到他面前,悄声地对他说,语速极快像得了热病似的,"这是你的薪水,你瞧,我给你了,不过你也应该救救我:快点去餐厅拿一壶茶和十块面包干。如果你不想去,那就是你造就了一个不幸的人!你不知道,她是个多好的女人……就这样!你,可能是在想什么东西……不过你不知道啊,她是个多好的女人啊……"

阿波罗已经又戴好了眼镜在坐着工作了,一开始他没把针放下,就是默默斜眼瞧了一眼钱,之后他理也没理我,也没回答我的话,继续忙着把已经穿好的线缝上去。我像拿破仑[①]一

---

① 原文为法语。

样双手抱着肩膀在他面前站着，等了三分钟。过了一会，我的额角都被汗水弄湿了，我脸色惨白，我能感受到这一点。不过，谢天谢地，大概是觉得我可怜了，他看了我一眼。缝完了线，他慢慢地原地站起，慢慢地推开椅子，慢慢地摘下眼镜，慢慢地数了遍钱，最后回过头问我：要拿一整份吗？接着慢慢地走出了屋子。当我回去找丽莎的时候，我在路上突发奇想：不然就这么穿着长袍溜之乎也吧，随便跑到个什么地方，在那听天由命。

我又一次坐了下来。她不安地看着我。

我们沉默了几分钟。

"我打死他！"我突然大喊，重重地用拳头捶在桌子上，结果墨水从墨水瓶里溅了出来。

"哎哟，您这是干吗啊！"她战栗着大喊。

"我打死他，打死他！"我捶着桌子尖叫起来，完全处于发狂的状态，而且我也完全知道，这时候发狂实在是蠢透了。

"你不知道啊，丽莎，这个刽子手对我来说是个什么玩意。他就是处决我的刽子手……他现在是去买面包干了，他……"

然后我突然泪如雨下。这是发癔症了。在抽泣时我觉得羞愧极了，不过我控制不住。她吓坏了。

"您怎么了！您怎么了啊！"她一边大喊，一边在我周围急得团团转。

"水，给我水，就在那！"我用虚弱的嗓音喃喃地说，我已经恢复了知觉，完全可以不用水，也不需要用虚弱的嗓音咕哝。不过我，可以说是故弄玄虚了一番，好能挽回颜面，尽管我确实是发癔症了。

她给我拿来了水，茫然失措地看着我。这时候阿波罗把茶端来了。我突然意识到，在发生了刚才的一切之后，这种日常的普通茶水，大失体面，而且过于寡淡，于是我脸红了。丽莎甚至在看阿波罗的时候还是惊恐万分。他看都没看我们一眼就走了进来。

"丽莎，你很看不起我吧？"我直勾勾地盯着她问，同时我由于急切地想知道她在想什么而颤抖着。

她面露尴尬，什么也不敢回答。

"你喝茶呀！"我恶狠狠地说。我对自己气急败坏了，不过，大概我应当把火发在她身上。在我心里对她极度的愤恨在沸腾，我甚至恨不得杀了她。为了报复她，我心里暗暗发誓一辈子不跟她说一个字。"她是这一切的罪魁祸首。"我心想。

我们的沉默已经持续了快五分钟了。茶放在桌子上，我俩谁也没碰它：我这么干，是故意不想先喝，好以此让她更加难堪；她则是不好意思自己先喝。她好几次用困惑的眼神看向我。我仍旧默不作声。我本人，自然是最遭罪的人，因为我完全明白我这种又蠢又坏的下贱行为是令人作呕的，与此同时我控制不住自己。

地下室手记 | 163

"我想……从那里……彻底脱身。"她开口了，不管怎么样想结束这种沉默，不过，真可怜！恰恰不应该在这种本来就傻乎乎的时候开始跟我这种本来就傻乎乎的人说这话。甚至我的心里都因为可怜她的蹩脚且毫无必要的直爽而感到隐隐作痛了。不过，某种不好的东西立刻盖过了我所有的悲悯；甚至把我刺得更痛了：让世上的一切都见鬼去吧！又过去了五分钟。

"我没妨碍您吧？"她站了起来，胆怯地说，声音几不可闻。

不过我一看到她刚刚表露出一丝自尊心受到侮辱的样子，我马上就气得直抖，立刻发作起来。

"要干吗你来找我啊，你告诉我，请你？"我一边开口说道，一边气得上气不接下气，甚至都没注意到说话时用词的逻辑顺序。我恨不能一股脑儿地把千头万绪都说出来，甚至连从哪开始说也顾不上了。

"你为什么要来？回答我！回答我！"我几乎失去理智地大喊，"我告诉你，臭婆娘，你来干什么。你过来是因为那时候我跟你说了几句扎心的话[①]。对此你颇为受用，而且你又想听这些'扎心的话'了。你要知道，要知道，我那时候是在嘲笑你。现在也在嘲笑你。你哆嗦什么？是的，嘲

---

[①] 扎心的话（Жалкие слова）是冈察洛夫的《奥勃洛莫夫》中的说法。书中老仆人扎哈尔把那些地主老爷对他说的训斥称为扎心的话。（参见《奥勃洛莫夫》第1部第8章和第2部第7章）——俄文版编者注

笑！在我嘲笑你之前，有些人在饭局上侮辱了我，就是那些先于我到那去的人。我去找他们，打算狠狠揍他们中的一个人，一个军官，不过没能实现，总需要把自己屈辱报复在什么人身上，好巧不巧，你送上门来了，我就把怨气撒在你头上，再嘲笑一番。我被人羞辱了，所以我也想羞辱别人；别人像对窝囊废那样挤对我，所以我就想显示一下我的权威……就是这么回事，而你居然认为，我那会儿是故意去救你的，对吧？你这么想吧？你是这么想的吧？"

我知道，她当时可能完全摸不着头脑而且对详情也不甚了了，但是我也知道，她已经清楚地了解了实情。于是事情变成了这样。她的脸变得惨白，像块头巾似的，想说点什么，她的嘴唇病态地扭曲了起来，不过她却像被斧子劈了一般，倒在了桌子上。此后的全部时间里，她一直在听我说，同时一直张着嘴，瞪着眼睛，由于极度惊恐在不停地战栗。恬不知耻，我言辞中的恬不知耻把她击垮了……

"拯救！"我从椅子上跳了起来，在她面前不停地绕着房间前后跑，同时我继续说了下去："拯救什么啊！我呀，可能我自己比你更坏。当我跟你长篇大论教训你时，你并没有打我的脸，没对我说：'而你，又为什么亲自跑到我们这儿来了？是来宣扬道德还是干吗？'权力，我那时需要的是权力，需要的是逢场作戏，需要的是让你流下眼泪、让你受辱、让你歇斯底里——这些才是我那时候需要的！就连我自己当时也受不了了，因为我是个窝囊废，我被吓坏了，鬼知

地下室手记 | 165

道我为什么会糊里糊涂地把地址给了你。就这么着，我还没回到家的时候，就已经开始因为给了你地址而对你破口大骂。我恨透了你，因为那时候我对你撒了谎。因为我只能玩玩文字游戏，在脑子里胡乱幻想一下，而我所需要的东西，你知道是什么：是你们全给我玩完，这就是我需要的！我需要的是安宁。是的，只要能让我不再担惊受怕，我能立刻出卖全世界。是让这个世界完蛋呢，还是让我喝不成茶呢？要我说，让世界完蛋去吧，这样我才好永远喝茶。你懂了吗，还是不懂？唔，我很清楚，我是个坏蛋、恶棍、自私鬼、懒虫。我这三天来一直都因为你会来而吓得瑟瑟发抖。你可知道，这三天来最让我担惊受怕的是什么？正是这样，当时我在你面前显得像个英雄好汉，而这时你却突然看到我穿着破长袍，穷困潦倒、邋里邋遢。不久之前我跟你说过，我并不因为自己穷而自惭形秽；现在你该明白，我会因此羞愧，而且比别的任何事都让我羞愧，这是最让我害怕的事，哪怕我去偷东西的时候，都没有这么心惊胆战，因为我已经虚荣到了这样的程度，就好比我已经被剥了皮，随便冲我吹口气我都会疼痛难忍。难不成你现在还不明白，我穿着这么件长袍像恶狗一样扑向阿波罗被你给撞见了，那我就永远也不会原谅你了。救世主也好，从前那个英雄好汉也罢，像个长了疥疮的长毛癞皮狗一样扑向嘲笑自己的仆人！还有刚才我在你面前流下的眼泪，就跟个无地自容的老太婆一样，怎么收也收不住，我永远不会原谅你的！还有我现在向你承认了这些，也让我永远不会原谅你！是的，就是你，这一切都应该由你一人承担，谁让你碰巧看到了，因为我就是个坏蛋，因为我是世界上所有蛆虫里最下流、最可笑、最小气、最愚蠢、最善妒的，这些蛆虫一丁点儿都不比我好，不过，鬼知道为什么，他们却从不羞愧，而我这一生却还要在各种各样虱子卵那里受到折辱——这就是我的性格！你对这些事理解不了，这与我何干！而至于你会不会死在那里，跟我有、有什么、有什么关系呀？跟你说完这些之后，我现在只会因为你在这儿听了这些而憎恨你，你还不明白吗？毕竟一个人一辈子只能这么敞开心胸一次，还得是在发癔症的时候！……你还有什么事？说完这些，你还有什么事，还在我面前站着、折磨着我，还不肯走吗？"

然而这时候突然出现了一种奇怪的状况。

我已经完全习惯了按照书本上写的来思考和想象一切，也习惯了按照我以前梦里梦到的来想象世界上发生的事，结果当时我一下子都没能意识到这种奇怪的状况。当时的情况是这样的：丽莎，在被我羞辱和践踏之后，理解了远比我所表达的多得多的事情。从这一切之中她明白了，如果一个女人真心去爱，她就会比所有人都先明白的东西，那正是：我自己是不幸的。

她之前脸上展露出的惊恐和屈辱的感觉被痛苦的惊愕所代替。当我开始把自己成为混蛋和恶棍并且开始泪流满面时（上面那一大段话我都是流着泪说的），她的整张脸都抽搐着痉挛起来。她本想站起来阻止我来着,可当我把一切都说完了的时候,她没有在意我对她喊着:"你为什么还在这儿!你为什么还不走!"——而是想到,在把一切都说出来之后,我自己应该也很难受。她竟然如此逆来顺受,可怜的姑娘,她认为自己跟我比起来无比低贱;她能到哪去发火诉苦啊?她突然怒不可遏地从椅子上跳了起来,整个人准备朝我冲过来,不过最后还是胆怯了,没敢挪动地方,只是朝我伸出了双手……我的心也百感交集起来。这时她突然朝我走了过来,双手绕过了我的脖子抱着我哭了起来。我也再忍不住了,嚎啕大哭起来,我还从来没哭成这样过……

"他们不让我……我没办法当……好人!"我哽咽着说,然后走到了沙发旁,脸朝下扑倒在了沙发上,然后真的发起癔症嚎啕大哭了一刻钟。她紧紧地贴在我身边抱住了我,好像完全沉浸在这个拥抱中似的。

然而可笑之处就在于,癔症总会发作完的。于是(我毕竟写的是让人厌恶的真相),我脸朝下趴在沙发上,死死地把脸贴在我那劣质的沙发皮垫子上,同时我开始慢慢地、扭扭捏捏地、不由自主地,但也无法克制地感到,我现在委实不好意思抬起头直视丽莎的眼睛。我在羞愧什么?我并不知道,但是我感到羞愧。在我混乱的脑海中出现一个念头,现在我们的角色彻彻底底掉了个个儿,她现在才是英雄,而我成了同样受尽屈辱、几近崩溃的人,正如四天前的那个晚上我面对的那个她那样……我脸朝下趴在沙发上的同时我就想到这一点了!

我的天啊!难道我那时候就在嫉妒她了?

我不知道,到现在我还是没法下结论,当然了当时肯定比现在能想通的东西还要少。没有对某个人为所欲为的权力,我简直没法活下去……不过……不过这样的推论并不能解释什么,所以,用不着做这个推论。

但是,我还是逼着自己微微抬起了头,不管怎么说总要抬头的……于是,直到现在我仍坚信,正是因为我当时惭愧地看向了她,我的心里才突然冒出并爆发了另一种感觉……一种占有和控制的欲望。我的眼神中闪烁着情欲,而我紧紧抓住了她的手。在那一刻,我是多么恨她,又是多么被她吸引啊!一种情感加强了另一种情感。几乎像是复仇一样!……在她的脸上一开始呈现出像是困惑甚至像是惊恐的神情,不过转瞬而逝。她欣喜若狂、热烈地拥抱了我。

## 第十章

过了一刻钟之后,我像发了疯一样,焦虑地在房间里前后乱跑,不停地跑到隔板旁,透过缝隙看看丽莎。她坐在地板上,头靠着窗,大概是在哭。不过她并没有离开,这让我很抓狂。这次她可什么都知道了。我彻彻底底地凌辱了她,不过……没什么好说的了。她猜到了,我的情欲迸发正是一种复仇,是一种新的对她的侮辱,而我的原来故作姿态、漫无目的的憎恨现在又添上了对她个人的、嫉妒的恨意……总之,我不能确定她对这一切是否真的完全搞明白了,但是她已经充分弄懂了一件事,那就是我是个卑鄙小人,而且最主要的是我不能爱上她。

我知道,人们都对我说,这太难以想象了——难以想象怎么会有像我这么坏、这么蠢的人;还会再补充说,难以想象怎么能不去爱她,或者完完全全不珍视这份爱情。这有什么难以想象?首先,我就是不能去爱,这是因为,我再说一次,爱对我来说就是虐待以及精神上的盛气凌人。我这一辈子甚至都没法想象另外一种爱,甚至我现在有时候会想,爱的本质就在于被爱的对象自愿地献出虐待自己的权力。在我那些于地下室里做的梦中,我也不会把爱情想成别的样子,只是想成像斗争一样,爱永远始于恨,而终于精神上的征服,但对被征服的对象能做什么,我就再也想不出了。这没什么无法想象的,当我已经让自己道德上如此堕落,让自己不再习惯"活的生活"①,不久之前我忽然想责骂她、让她难堪,说她来找我是为了听些"扎心的话",而我自己根本猜不到,她来找我不是为了听扎心的话,而只是为了来爱我,因为对一个女人来说,所有的复活、所有的从各种各样毁灭中的救赎和所有的重生,都包含在爱情中,而这些在爱情以外的事物中绝不会显现。总之,在我绕着房间跑来跑去并从隔板的缝隙往里瞧的时候,我已经没有那么憎恨她了。她在这里这件事实在让我感到无法忍受的煎熬。我真希望她消失了才好。我渴望"宁静",让我一个人躺在地下室里吧。"活的生活"让我难以习惯,让我感到压抑,甚至压得我连呼吸都变得困难了。

但是又过了几分钟,她仍旧没站起来,就好像是陷入昏

---

① "活的生活"(Живая жизнь)这一表述在 19 世纪被广泛应用于文学和出版物中。А. С. 霍米亚科夫、Ю. С. 萨马林和 И. В. 基列耶夫等斯拉夫派以及屠格涅夫和赫尔岑都曾使用这一说法。根据陀思妥耶夫斯基长篇小说《少年》中的人物威尔希洛夫所说的话,或多或少可以推断出,陀思妥耶夫斯基在这个表述中也倾注了某种思想。威尔希洛夫说:"……活的生活,也就是说,不是理念中的、不是想象中的生活……它应该是某种再普通不过的东西,是日常生活抬眼可见的东西,每天、每分钟都会看到……"——俄文本编者注

迷了一样。我无耻地轻声敲了敲隔板,好把她叫醒。她突然一阵战栗,原地站了起来,然后冲过去拿起自己的头巾、帽子、皮大衣,就好像要从我这逃到什么地方似的……过了两分钟,她慢慢地从隔板里走了出来,然后痛苦地看了我一眼。我恶狠狠地笑了笑,大概是逼着自己笑的,为了不失分寸,然后避开了她的目光。

"别了。"她说着便往门口走去。

我突然跑向她,抓过她的手,把她的手打开,放进去……然后又把她的手合了起来。然后立刻转身,迅速跳到房间的另一个角落里,好尽可能不去看她……

我本想马上撒个谎——本想这么写:我这么做完全是个意外,一时糊涂丢了魂,不知道自己在干吗。不过我不想撒谎了,所以我就直说吧,我打开她的手,并放进去……是带着恶意的。当我在房间里前前后后乱跑而她还坐在隔板里的时候我就想到了要这么干了。我大概可以这样说:我干了这件残忍的事,虽然是故意的,但是不是出自真心,而是因为我那颗坏掉的脑袋。这件残忍的事如此矫揉造作,如此假模假样、故作高深、不切实际,以至于我连一分钟也忍不了,一开始我跳到角落里,好不去看她,然后我就带着羞愧和绝望去追丽莎了。我打开了门,在过道里凝神细听。

"丽莎!丽莎!"我冲着楼梯喊道,但是却是胆小而低声地喊……

没有回应,我好像听到了她迈步下楼梯的声音。

"丽莎！"我喊得大声了一些。

没有回应。不过就在这时，我听到从下面传来了通往街上、紧绷难开的玻璃外门吱嘎一下缓缓打开的声音，然后砰的一声又关上了。声响顺着楼梯传了上来。

她走了。我返回房间里陷入了沉思。我感觉难受极了。

我站在桌子旁，靠着她曾经坐过的那把椅子，失神地望着前面。过了一分钟，我突然整个人哆嗦了一下：就在我面前，在桌子上，我看到……总之，我看到了揉皱了的五卢布的蓝色钞票，这张钞票正是我一分钟之前塞进她手里的。这就是那张钞票，不可能是另外一张，整个家里也没有另外一张钞票。大概是，她在我跳到另一个角落里的时候，把这张钞票从手里扔到了桌子上。

怎么回事？我早有预料她会这么做的。早有预料吗？并不是。我是个利己主义者，所以我实际上完全不尊重别人，也根本想不到她会这么做。这让我无法忍受。我瞬间像个疯子似的冲过去穿衣服，急匆匆地给自己将将披上衣服，就发疯跑出去追她。当我跑到街上的时候，她才走了不到两百步。

街上很安静，下着雪，雪几乎是直直地落在地上，给人行道和寂寥无人的街道都铺上了一层雪垫。一个路人也没有，什么声音也听不见。灯笼落寞、徒劳地闪烁着。我跑了两百步左右跑到了十字路口，然后停了下来。

"她往哪走了？还有我为什么要追她？为什么呀？在她

面前扑倒在地、后悔地痛哭流涕、亲吻她的脚趾、请求她的原谅！我就想要这样；我的整个胸膛像是被撕成了碎片，我永远、永远都不会冷漠地回想起这一刻。但是，到底为什么？"我不由得想，"难道明天我不恨她了，有可能就是因为我今天亲吻了她的脚？难道我会给她带来幸福？难道哪怕经过了上百次，我今天还是又搞不清自己几斤几两了？难道不是我在折磨她！"

我站在大雪之中，一边看着灰蒙蒙的雾气，一边想着这一切。

"这样岂不是，这样岂不是更好。"我已经在家里幻想了，之后，幻想盖过了心头不断滋生的剧痛，"如果她带着屈辱永远消失了，这岂不是更好吗？屈辱不过是一种净化，这是种最腐败、最病态的感觉！明天，我可能会玷污她的灵魂，让她心力交瘁。而现在，屈辱永远都不会消失了，无论她将遇到的腌臜多么龌龊，屈辱都让她成长了，把她净化了……用仇恨……唔……也可能是用原谅……不管怎样，这样真的能让她更轻松地摆脱这一切吗？"

事实上，我现在仍在问自己这个空洞的问题：哪样更好——低贱的幸福还是崇高的痛苦？唉，哪样更好？

那天晚上当我坐在自己家里，被心灵上的痛苦搞得奄奄一息时，我就是这样胡思乱想的。我还从来没有承受过这样的痛苦和懊悔，不过难道还能有一丝怀疑，觉得当我从寓所中跑出来的时候，我会不半途而废就回家吗？从那之后，我再也没见过丽莎,也没听到过她的消息。不过我得补充一下,我一直对那些关于屈辱和仇恨会带来好处的句子非常满意,尽管那会儿我自己也差点忧伤得病倒了。

即便现在,过去了那么多年了之后,再回想起这一切,我还是会感到非常不舒服。现在有许多事回想起来都会让我觉得不舒服,不过……这个《地下室手记》要不要就此结束呢?我觉得开始写它就是个错误。至少在我写这部中篇的时候,我一直都觉得羞愧:它已经完全不是文学了,而是成了感化性质的惩罚。比如说吧,毕竟讲述这么一个冗长的中篇小说,小说里讲的都是我怎么在地下室里花了一辈子时间去忽视那些边边角角里的道德沦丧、不富足的生活环境、无法适应活物以及因虚荣而起的愤恨——上帝保佑,这无趣透顶;小说里需要有英雄,而我的中篇里却故意集齐了所有反英雄的特点,而最主要的是,整个小说只会带来极不愉快的印象,因为我们全都远离生活,我们全都不完美,或多或少都有各种问题。我们甚至已经与生活疏远到了如此地步,有时候突然感觉对真正"活的生活"只感到某种厌恶,而因此当有人跟我们讲起"活的生活"时,我们就无法忍受。须知我们已经到了如此地步,我们几乎把真正"活的生活"视为一种辛劳,几乎是一种任务,而且我们都暗自认同这一点,还是按着书本说的做更好些。那为什么我们有时候会胡乱折腾、为什么会任性妄为、为什么会期期汲汲呢?我们自己也不知道为什么。如果我们恣意妄为的请求得到了满足,我们可能会感觉更糟。唔，不妨试试看，唔，给我们，比如说，更多的自主性，放开我们任意一个人的双手，扩大我们的活动圈，放宽我们的监管，那么我们……我向你们保证：我们立时立刻就请求再把我们监管起来。我知道，你们可能会为此对我大发雷霆、气得跺脚、冲我大吼："您说的只是关于您自己一个人，只是关于您那些地下室里的少数情况，您没权利说'我们全都'。"先生们，少安毋躁，我可不是用这个全都来为自己开脱。我正是在说我自己，毕竟我只能把我的生活推向极端，而你们连推到一半都不敢，还把自己的胆怯当做是理智，并自欺欺人，以此自慰。这么说来，我，还比你们要更"活"一些。请更聚精会神地看看吧！毕竟我们都还不知道，所谓的活生生现在生活在哪里，它又是什么，该怎么称呼？你们不给我们书，也不管我们，那我们立刻就会乱作一团、失魂落魄——我们将不知道要往哪走；不知道守什么规矩；不知道该爱什么又该恨什么；不知道该尊重什么又该蔑视什么。我们甚至会认为做人——做一个真正的、有自己的血肉的人都是一种负担，我们会因此而羞愧，把这视为耻辱，并且一心想成为某种从来不曾有过的所谓的普通人。我们都是死胎，甚至早就不是诞生自活的父亲了，这让我们越来越喜欢。我们正渐入佳境。很快我们就会臆想出，我们是通过某种办法从思想中诞生出来的了。不过，够了。我不想再写《地下室手记》了……

——

不过,这位不知所云的仁兄的《手记》并未到此而止。他没忍住又接着写了下去。不过,我们可以认为,该告一段落了。

Ф. М. Достоевский
Записки из подполья

**图书在版编目（CIP）数据**

地下室手记/（俄罗斯）陀思妥耶夫斯基著；刘晨译． －－上海：上海译文出版社，2024.9（2025.4重印）（译文经典）．－－ISBN 978－7－5327－9637－3

Ⅰ．I512.44

中国国家版本馆CIP数据核字第20246ZJ894号

地下室手记

［俄］陀思妥耶夫斯基　著　刘　晨　译
责任编辑/宋　玲　装帧设计/张志全工作室

上海译文出版社有限公司出版、发行
网址：www.yiwen.com.cn
201101　上海市闵行区号景路159弄B座
山东韵杰文化科技有限公司印刷

开本787×1092　1/32　印张6.25　插页8　字数93,000
2024年9月第1版　2025年4月第2次印刷
印数：8,001—12,000册

ISBN 978－7－5327－9637－3
定价：49.00元

本书中文简体字专有出版权归本社独家所有，非经本社同意不得转载、摘编或复制
如有质量问题，请与承印厂质量科联系．T: 0533－8510898